CANGURI **FELTRINELLI**

Manuel Vázquez Montalbán

Assassinio a Prado del Rey

e altre storie sordide

Traduzione di Hado Lyria

Titolo dell'opera originale
ASESINATO EN PRADO DEL REY
y otras historias sórdidas

Traduzione dallo spagnolo di
HADO LYRIA

Prima edizione ne "I Canguri" giugno 2009

Stampa Grafica Sipiel Milano

ISBN 978-88-07-70208-2

SUL SORDIDO

La parola sordido viene dal latino *sordidus*, che significa sporco, infimo, spregevole, ignobile, e a sua volta la parola *sordes*, sordidezza, non vuole dire solo sporcizia o sudiciume, ma anche bassezza, meschinità e gretta avarizia. Dubito che questi aggettivi e sostantivi servano per connotare totalmente le storie che vi propongo in questo libro. Il "sordido" non è più quel che era un tempo. Esistono molte cose evidentemente sordide, ma non per questo spregevoli, infime o ignobili. C'è un sordido che si basa precisamente sull'impotenza dei suoi protagonisti a essere in un'altra maniera, e quest'ammissione rende impossibile la terribile condanna insita nella parola.

Ma c'è del sordido nella storia principale di questo libro, *Assassinio a Prado del Rey*; o per meglio dire, ci sono diverse sordidezze aggrappate a diversi livelli culturali e sociali, come se ciascuno si dovesse tenere le proprie zecche. Di ogni somiglianza fra i personaggi di questo racconto e quelli della realtà è responsabile l'intenzione del lettore. Io me ne lavo le mani, anche se quando si scrive in chiave di *divertissement* la parodia conduce inevitabilmente a una certa impressione di caricatura di volti e spiriti esistenti nella vita reale.

Ci sono in questo libro, come nella vita, altre storie sordide. Una di esse fa riferimento ai piani alti e bassi di un locale di lusso, che pur essendo tale non è esente dall'agguato della sordidezza, quell'aids estetico che si infiltra nei migliori ambienti. Un'altra mostra le venture e sventure di un sociologo sessuale e si ispira a un personaggio reale che ho conosciuto in quella Barcellona tanto piena di "maggisti" francesi, parafrancesi o postfrancesi e in cui coesisteva uno strano *ménage à trois* composto da Marat, Sade e il generale Franco. Il libro si chiude infine con la sordidezza di un terzetto e uno scannamento: un poveruomo, una povera donna e un povero cane. Non esagero. Cose simili le ho viste con i miei occhi e sono state viste.

M. Vázquez Montalbán

ASSASSINIO A PRADO DEL REY

Che il cadavere si presentasse con la cerniera della patta a mezz'asta per far posto a un mazzetto di viole che si affacciavano con l'umiltà a esse attribuita e un certo disagio morale, fu motivo di una naturale e assai condivisa sorpresa. Per giunta le viole erano la constatazione dell'omicidio, perché in uno studio televisivo a chiunque può cadere addosso un elemento dell'arredo di scena, soprattutto a un professionista come Arturo Araquistain, tanto meticoloso da controllare a uno a uno i dettagli della ripresa successiva, sorpreso più di una volta a notte fonda intento ad annusare tra gli scenari approntati per il giorno dopo, come un segugio in cerca dell'odore del fiasco. La polizia annusò a sua volta le viole e le considerò una prima prova di un possibile delitto sessuale, anche se questa opinione venne subito contestata da tutti i testimoni. Araquistain era un uomo introverso e scontroso, ma aveva una vita privata sana: moglie, figli e possibilità di sfogare appetiti inconfessabili grazie alla sua passione per lo spaccare tronchi d'albero, una mania sportiva che si era portato a Madrid dai boschi dell'infanzia nella valle del Bidasoa. La seconda pista che la polizia volle esaminare fu precisamente l'origine basca del regista televisivo, ma né gli omicidi dell'Eta né quelli del Gal erano soliti avere un accompagnamento floreale, tantomeno composto da viole sistemate in un vaso genitale. Fortino abituato all'assedio dei media, gli studi della Televisión Española a Prado del Rey non poterono, non vollero o non seppero tenere segrete le indagini, e non tardò a diffondersi la notizia che un certo scoraggiamento aveva abbattuto non solo il morale della polizia, ma anche quello dello stesso direttore generale dell'Ente Autonomo della Radio e Televisione, don Wenceslao Vilariño, dei Vilariño de Palas de Rey, antica stirpe di professionisti liberali e *hidalgos*, il cui motto sullo scudo araldico recitava: "Avanti e davanti". Di Vilariño si diceva che ignorasse lo scoraggiamento, che fosse un autentico parafulmini in ogni tempesta, ragion per cui i responsabili del governo socialista gli avevano affidato quella carica. "Che se la prendano con Vilariño e ci lascino tutti in pace." Il direttore generale aveva accettato l'impegno con lealtà e dedizione esemplari, avanti e davanti, come un punching-ball dove andavano a finire tutti i pugni dell'opinione pubblica e una spugna in grado di assorbire ogni genere di sostanze liquide, fossero lacrime o sputacchiate. Si raccontava che di recente Vilariño era stato invitato per il calcio d'inizio nella partita tra il Celta e il Coruña e che, essendo stato ricevuto dal pubblico con fischi all'altezza dell'antipatia costruita dalla sua immagine, Vilariño, imperturbabile, avesse fatto il suo dovere con una certa estasi sfidante nello sguardo. Ma Vilariño non era pronto a trovare assassinato in un set televisivo uno dei suoi registi di maggior prestigio, e ancor meno a scoprire il cadavere decorato da un mazzetto di viole. La storia delle viole lo mandava fuori dai gangheri, pur commentando con l'entourage che, quantomeno, quei fiori non avevano una simbologia politica.

"Sarebbe stato peggio se gli avessero ficcato una rosa socialista o un garofano comunista."

Secondo la stampa, la polizia sospettava che si trattasse di una vendetta personale. A nessuno viene schiacciato il cranio in uno studio televisivo per soffiargli il portafoglio, ipotesi confermata dall'evidenza del portafoglio al suo posto e con una quantità di denaro prudente ma adeguata. Vilariño era esasperato dalle ovvietà a cui la polizia era tanto abituata, eppure tratteneva i suoi giudizi critici in quanto, ragionava, "le mie profonde convinzioni democratiche e antifasciste hanno nutrito in me una diffidenza nei confronti della polizia in grado di rendere difficile un nostro possibile rapporto".

"Non sono diventato antifranchista nel 1975, alla morte del Caudillo, come tanti altri," era solito ripetere Vilariño, dalla nobiltà della sua testa romana e rasata, in cui un paio di occhi svegli e leali, forse troppo mobili, venivano compensati dalla quiete bianca e grigia della barbetta che poneva fine all'oliva della sua faccia.

"Io sono un vecchio repubblicano che serve con lealtà questa repubblica con la corona rappresentata da sua maestà, il re Juan Carlos."

Non si seppe mai, né probabilmente mai si saprà, quale fosse l'opinione del re sulle arbitrarie dichiarazioni di Vilariño a proposito del presunto spirito repubblicano della sua gestione. Sta di fatto che al re, come a ogni bravo spagnolo, non piaceva la programmazione della televisione di stato e il suo direttore generale gli pareva tanto gallego quanto eccentrico.

"Questo può essere l'inizio di una grande carriera, Biscuter," commentò Carvalho dopo aver dato le ultime istruzioni al suo luogotenente assoluto. "Un caso a Madrid, e nientemeno che alla Televisión Española."

"La vedremo sullo schermo, capo."

"Quando tutto sarà finito, probabilmente."

"Per quel che ho letto, per me l'assassino è un sadico che vive nascosto tra le scenografie della Tve, come il fantasma dell'Opera. Lei l'ha visto, quel film tanto forte, capo?"

Carvalho continuò a pensare al fantasma dell'Opera per tutto il viaggio verso Madrid e immaginò un fantasma audiovisivo per Prado del Rey, un po' punk ma con la forfora, heavy rock come sfondo musicale ma anche un po' di organetto, un bel panino con frittata di patate e hamburger o con trippa alla madrilena al ketchup. Salì su un taxi all'aeroporto di Madrid e disse: "Prado del Rey".

"Alla televisione?"

Il tassista volle assicurarsene.

"Alla televisione."

Dopo cinque chilometri di corsa il tassista si sentiva ormai così in confidenza da dirgli: "Lo sa come chiamano adesso Prado del Rey, dopo l'omicidio?".

"Non ne ho idea."

"Patta del Re."

"La gente ha molta fantasia."

"Le pensano proprio tutte," sentenziò il tassista, con quella malinconia esistenziale e disillusa che di solito sfoggiano i migliori tassisti. Abbandonò Carvalho nelle mani dei responsabili della reception. Carvalho poté verificare ancora una volta di emettere cattive vibrazioni nei confronti di portieri, receptionist e cassieri di banca. In questo caso ascoltarono con scetticismo la sua pretesa di incontrare Vilariño. Forse si trattava di uno scetticismo razziale, lo scetticismo di chiunque vive grazie a questa domanda: "Lei, dove va?". Dovette mostrare la carta d'identità in una reception occupata da un gruppo rock della movida madrilena di nome "Quella Schifosa di Tua Madre", e quando la ragazza ebbe verificato che l'appuntamento con Vilariño era reale e Carvalho si aspettava pertanto che cambiasse atteggiamento, vide lo scetticismo diventare svogliatezza, metà causata da Carvalho, metà da Vilariño, e al limite, attribuibile alla situazione o alla vita in generale. Vale a dire: Prado del Rey sembrava il paradiso del disincanto e della poca fede.

L'edificio centrale era talmente franchista da fare una certa paura. A Carvalho l'architettura franchista aveva sempre fatto paura. Erano edifici con un grande ingresso e una piccola via di uscita. Edifici trappole, falsi come Satana. Attraversò una hall da discorso trascendentale e lo fecero salire su un ascensore pieno di gente che si lamentava di un certo Martínez. Altri due uscieri lo avrebbero poi separato dalla porta dell'ufficio di Vilariño e, una volta attraversata, segretarie e funzionari di varia indole e grugno cominciarono a desistere dalla loro iniziale intenzione di non lasciargli incontrare Vilariño, non perché ce l'avessero in particolare con Carvalho, ma per principio. Eppure a un certo punto si aprì la porta definitiva, ed ecco venirgli incontro un individuo robusto e cordiale con l'aspetto d'aviatore italiano degli anni trenta, senza che Carvalho riuscisse a spiegarsi l'immagine. Vilariño aveva qualcosa del condottiero illuminato del periodo tra le due guerre.

"Mi hanno parlato talmente tanto di lei che potrei dire di conoscerla a fondo. E se lo potrei dire, lo dico. Non capisco questa mania che ci ha preso a tutti di parlare al condizionale. Io direi che... Bah, se lo diresti, dillo. E la colpa di questo brutto modo di parlare è tutta nostra, della classe politica. Ci diamo del tu, Pepe? Da compaesano a compaesano?"

Gli strizzava un occhio mentre gli stringeva la mano con voglia di trasmettergli un affetto tanto inatteso quanto profondo. E mentre la mano di Vilariño si impadroniva di quella di Carvalho, un occhio del direttore generale si chiuse, evidenza di strizzatina accompagnata da una sorprendente rivelazione.

"Due vecchi repubblicani si riconoscono appena si vedono. La Storia fa a modo suo e ci sono ragioni della Storia che l'intelligenza può capire, ma che il cuore non può assimilare. Pepe, la conosci la mia teoria a proposito di questo omicidio? È poco probabile e di conseguenza non l'ho rivelata a nessuno, ma credo che non si tratti di un delitto personale; cioè, è personale in quanto una persona è morta e la morte di una persona è quanto di più personale e intrasferibile possa accadere... Ma voglio dire che in questo caso ci sono ragioni politiche, socioeconomiche e socioculturali."

Carvalho rimase in attesa di ulteriori rivelazioni. Vilariño gli rivolse uno sguardo pieno di sottintesi, inviti a seguire lungo le strade speculative da lui aperte.

"Cosa ti dicono queste due parole: televisione privata?"

Carvalho si costrinse a non fare spallucce e invece cercò di ricambiare Vilariño con uno sguardo non meno polisemico del suo.

"Si tratta di parte di una cospirazione per discreditare l'ente pubblico e far strada alla televisione privata. Ci sono in gioco molti milioni, molto potere economico e politico. Non mi fido di nulla e di nessuno, ed è per questo che mi sono rivolto a te. Non voglio che l'indagine ufficiale scopra qualche altarino contro la mia volontà, o nel momento meno opportuno. Carvalho, bada bene a quel che ti dico. A parlarti è un vecchio repubblicano. Siamo dentro la grande casa del potere, la grande casa dello stato... ma siamo semplicemente degli affittuari. Lo stato non è nostro."

Era da tempo che a Carvalho aveva cessato di interessare la teoria dello stato e quindi fu un sollievo uscire dalla trappola discorsiva di Vilariño e passare al silenzio in attesa di un subordinato, un sottovicedirettore di non ricordava cosa, messo a sua disposizione per fornirgli informazioni e facilitargli i movimenti a Prado del Rey. Avevano scelto bene il personaggio.

"Il cadavere fu rinvenuto dal responsabile dello studio alle nove del mattino, che aveva notato il crollo di parte della scenografia e stava cercando di rimetterla a posto. Il cadavere aveva il cranio spaccato, indossava una giacca di lanetta a scacchi, sui toni bordeaux, e pantaloni color crema, mocassini blu quasi neri e calzini lunghi neri. Alla mano sinistra aveva la fede e all'indice della destra un grosso anello d'oro ornato da uno smalto policromo con la testa di un indiano. Un indiano d'America, per la precisione."

"Di quale tribù?"

"Comanche. Senz'alcun dubbio, comanche."

Cifuentes rispondeva imperturbabile e, di fronte alle lodi per le sue capacità mnemoniche, replicava che tra le molte passioni nella sua frustrata carriera come regista cinematografico, c'era stata quella di fare lo scriptwriter.

"Ero considerato il miglior script maschile degli anni

cinquanta. A dire il vero, era facile, perché gli script sono quasi sempre donne."

I dati professionali di Araquistain lo associavano a migliaia di persone lungo una vita professionale in cui aveva realizzato sette serie televisive, sei corti e cinque lungometraggi. Le persone che più spesso sono solite dedicarsi a uccidere il prossimo, vale a dire: il partner o qualche socio, in questo caso erano al di fuori di ogni sospetto diretto. La moglie viveva innamorata folle del marito e in quei giorni si trovava in Francia per prendersi cura della madre, non tanto in salute, e non c'erano soci.

"Casa e lavoro, lavoro e casa. E di tanto in tanto, a una segheria di Cercedilla a spaccare tronchi d'albero con l'ascia. Madrid sta diventando una città di fighetti e per trovare un tronco d'albero bisogna fare miracoli."

Cifuentes lamentava le difficoltà incontrate da Araquistain per esercitare la sua passione:

"Aizkolari. È così che nel Paese Basco chiamano chi pratica questo tipo di esercizio. E lui era molto basco. Molto".

La traiettoria politica di Araquistain era normale per qualsiasi professionista del cinema o della letteratura o dell'arte in Spagna. Era stato per sei mesi militante del Partito comunista, poi anarchico quando Franco era morto ed era sopravvenuta la noiosissima democrazia, e negli ultimi tempi era diventato sempre più nazionalista basco.

"Citava di continuo l'etnia, quando parlava. Perché parlava poco. L'etnia in tutte le salse. Diceva che i baschi sono un'etnia. Ma guarda un po', pure quelli di Zamora. Io sono di Zamora. La polizia ha indagato in questa direzione, nel caso avesse combinato qualcosa con quelli dell'Eta e l'avessero freddato per questo. Ma Arturo non era un etarra. Diceva che manco il tempo bisogna ammazzare. Divertente: come se si potesse ammazzarlo, il tempo. Il tempo muore da solo."

Carvalho cominciò a guardare Cifuentes con più rispetto, anche se vi rinunciò immediatamente appena questi gli propose di mangiare "qualcosa" nella mensa di Prado del

Rey. Sia sotto il franchismo sia con la democrazia, c'erano fin troppi tizi disposti a mangiare una cosa qualsiasi o "qualcosa", con un totale disprezzo per le migliaia di anni di evoluzione della cucina, da quel momento trascendentale in cui a un primate cadde un pezzo di carne cruda sul fuoco. Senza dubbio già allora si ebbe una prima scissione tra gli appassionati della carne al sangue e quelli della carne ben cotta. Cifuentes apparteneva al ramo dell'umanità erede di coloro che optarono per la seconda scelta. Mangiare con lui fu come assistere a uno spettacolo di inclassificabile svogliatezza.

"C'è che sono un po' anoressico," si giustificò, non avendo finito di mangiare una pellicola di carne impanata talmente fritta da sembrare una patatina. Carvalho trattenne il suo schifo intellettuale e si sforzò di valutare altre possibili qualità del suo informatore. Per esempio, gli piaceva il caffè.

"Il caffè mi va sempre e mi piace molto forte."

Ma non poté evitare il gesto meccanico di sventagliarsi il naso quando Carvalho si accese un sigaro, un Cerdán Gable.

"Mi scusi. È stato un gesto automatico. Il fumo non mi dà fastidio, ma mia moglie è della Lega antitabacco e se quando qualcuno fuma non mi sventaglio il naso, poi mi pianta un casino. E mi è rimasto il tic."

Non c'è modo peggiore di fumare un sigaro che farlo alla presenza di qualcuno che odia il tabacco. Non soffre solo il fumatore, ma anche l'anima del sigaro ne risente e cerca di suicidarsi, prima spegnendosi di colpo e ripetutamente, poi accelerando la secrezione di nicotina in cerca di una rapida asfissia. Carvalho lasciò la salma del sigaro nel portacenere, dieci centimetri del miglior tabacco dominicano congestionati dalla sofferenza propria e dal disprezzo altrui, e si accinse ad ascoltare le elucubrazioni di Cifuentes.

Poteva trattarsi di un omicidio per questioni professionali. Un succinto inventario di tutti i nemici possibili di un regista cinematografico e televisivo coincideva con tutti i nemici attribuibili a qualsiasi essere umano, ma in special modo ai seguenti: aspiranti attrici o attori rifiutati; fidanzati, fidanzate, mariti, mogli, padri, madri, zii e cugini di primo grado dei rifiutati; altri registi danneggiati dalle buone o cattive arti dell'assassinato; qualsiasi club di registi disoccupati da sempre e per sempre; sceneggiatori, la cui sceneggiatura era stata respinta; scrittori, ai quali era stata sconvolta l'idea originale; capi di produzione portati all'esaurimento o al fiasco per colpa del lavoro del regista... Parve che Cifuentes avesse finito di scrivere la lista su un foglio di carta. Carvalho la esaminò.

"Mancano gli sceneggiatori a cui è stata sconvolta la sceneggiatura."

"Con tutto il rispetto, signor Carvalho, si nota che lei non conosce l'ambiente. Lo sceneggiatore è come il sandalo che profuma l'ascia che l'abbatte. Uno sceneggiatore sa sempre che se lo prenderà nel sedere, le sceneggiature servono proprio a questo."

Parlava con radicale, professionale amarezza.

"Anche lei ha fatto lo sceneggiatore, Cifuentes?"

"Anch'io. Tra i miei molti motivi per assassinare gente che fa questo mestiere figura l'aver passato un anno a raccontare la storia del Cid in quaranta sceneggiature. Poi c'è stato un cambio di ministro, hanno nominato un direttore generale aperturista, il quale mi ha detto che il Cid non era mai esistito, che se l'era inventato Menéndez Pidal. Che il *Cantar del Mio Cid* lo aveva scritto Menéndez Pidal da adolescente e che era evidente l'immaturità delle strofe. Che gliene pare? No. Uno sceneggiatore ha l'anima dello schiavo. Uno scrittore è un'altra cosa. Ogni scrittore è un figlio di puttana in potenza, ignora tutto dei mezzi audiovisivi e li disprezza. Pensa sempre che le sue cazzute idee siano state mandate affanculo. Ogni scrittore è un messia. Invece, nel cinema o nella televisione non c'è posto per tanti messia. L'immagine è il principale nemico dei coglioni."

Come per dar retta a Cifuentes, la polizia aveva inserito nella lista di gente da interrogare i tre scrittori la cui opera era stata manomessa da Araquistain. Dello scrittore colombiano Cartagena Sánchez aveva adattato un racconto di realismo magico sociale in cui i pescecani si mettono d'accordo per fare la rivoluzione e finiscono trasformati in segatura di pesce per nutrire i barboncini di Parigi e Milano. Nelle mani di Araquistain, la trama originale si era sviluppata diventando una storia di sirene che in realtà erano dei travestiti anfibi che si nutrivano di carne di pescecani e alla fine mettevano su un bordello che era l'anticamera di una piscicoltura di squali. Anche se Cartagena Sánchez aveva protestato e chiesto spiegazioni convincenti sul cambiamento, non aveva ottenuto che una confusa e sdegnata spiegazione: nemmeno Walt Disney è in grado di sfruttare cinematograficamente gli squali, invece le sirene hanno le tette e possono essere bionde. La faccenda si stava ancora discutendo, ma la serie era già stata trasmessa in America Latina, in quei paesi dove i generali permettono di vedere le tette delle sirene.

Dello scrittore andaluso Federico Luceros, Araquistain aveva diretto, inizialmente con grande entusiasmo, la storia di un picador di Utrera che faceva Igaragorri di cognome e andava in giro ossessionato dall'idea di essere in realtà basco e di non aver niente a che vedere con le esili genti del Sud. Ma mentre Federico Luceros suggeriva la morale che non esistono differenze sostanziali, né somatiche né spirituali, tra baschi e andalusi, Araquistain aveva fatto declinare la serie verso la follia surrealista del picador disadattato che alla fine provoca uno scandalo esercitando il proprio mestiere in una corrida di sei tori vestito da danzatore basco, con l'ampio berretto, la fascia e le scarpe di corda previsti dalla tradizione. Disarcionato dal cavallo, il basco si impegna in una lotta mortale con il toro, lo strangola, pagando la prodezza con la propria vita, mentre le donne sugli spalti si spogliano silenziosamente, in un'ultima offerta simbolica al maschio preso a cornate.

La storia di Sánchez Bolín era stata più sordida. Considerato l'ultimo epigono del realismo sociale relativizzato, militante per giunta in uno dei cinque o sei partiti comunisti spagnoli, Sánchez Bolín era il creatore di una serie di romanzi gialli in cui voleva plasmare l'evoluzione della società spagnola dalla morte di Franco sino all'infinito. Come conduttore soggettivo delle peripezie narrative, Sánchez Bolín aveva delegato le sue funzioni a un detective privato, una specie di Marlowe in chiave gallega. Una così strana alchimia aveva propiziato un risultato letterario bene accetto dalla società lettrice, che aveva suggerito ai programmatori televisivi la realizzazione di una serie. Sánchez Bolín aveva firmato il contratto, incassato i soldi, si era disinteressato della faccenda e anni dopo era stato sorpreso da un rinato e febbrile desiderio dei gestori televisivi di avviare quanto prima l'antico progetto. Araquistain aveva messo mano alle storie di Sánchez Bolín e quando stavano per dare il via al primo ciak, lo scrittore si era visto aggredire da ciò che secondo Araquistain era proprio l'opera e il personaggio di Bolín. Le proteste dello scrittore non avevano rallentato un'implacabile meccanica produttrice e al massimo Bolín aveva ottenuto la promessa che durante le riprese si sarebbe tornati alle storie originali, in modo che il loro padre le potesse riconoscere. Ma questo non era accaduto e, visionando i filmati prima della trasmissione della serie, Sánchez Bolín aveva avuto la seccante sensazione che avessero trasformato il suo personaggio letterario in un magnaccia esposto a una perpetua polmonite del pene, perché ogni tre fotogrammi le protagoniste gli abbassavano la patta e si ostinavano a fare l'amore con lui in utilitarie, una barbara pratica sessuale di moda in Spagna negli anni sessanta, quando gli unici e ultimi rifugi di intimità per gli spagnoli sotto la dittatura erano la Seicento o il cesso.

Cartagena Sánchez aveva un alibi. Al momento dell'omicidio, si trovava all'Avana, in una delle sue periodiche visite a Fidel Castro per consigliargli i libri da leggere. Castro era un lettore pluralistico che ultimamente aveva assaporato *Il profumo* di Süskind o *L'insostenibile leggerezza dell'essere* di Kundera, pur trattandosi di due romanzi al polo opposto dell'estetica dominante a Cuba. Anche l'alibi di Federico Luceros era perfetto, dato che la sera del delitto era stato visto a un'asta a Parigi, dove si era recato a rilanciare per un bastone di Jean Cocteau, dato l'uso e la passione dello scrittore andaluso per i bastoni. È anche vero che il viaggio si era rivelato un fallimento poiché il bastone venne acquistato dalla baronessa Von Thyssen, ex Miss Europa e vedova di Tarzan, incapricciatasi del bastone con cui compiere sfilate private da majorette, con il marito come unico spettatore.

A non avere un alibi era Sánchez Bolín. Dichiarò di essere rimasto a cucinare fino all'alba un piatto complicatissimo chiamato *oreiller de la Belle Aurore*, che, come spiegò alla polizia, era stato inventato da Brillat Savarin in omaggio alla madre, chiamata per l'appunto Aurore. Interrogato dalla polizia sulla durata approssimativa dell'elaborazione del piatto, come figurava nei rapporti privati di Cifuentes, lo scrittore aveva mostrato il proprio disgusto per l'ostinazione nel voler misurare il tempo di realizzazione di un piatto in vetta alla gastronomia ottocentesca che, pur essendo stupido e ipercalorico, meritava di essere ritenuto un classico. Cifuentes ignorava quale fosse stata la reazione della polizia davanti a questi dati, ma Sánchez Bolín aveva ricevuto la consegna di non muoversi dalla sua casa di Madrid per tutta la durata dell'inchiesta.

Il silenzio di Cifuentes, persona che non usava invano nemmeno i silenzi, indusse Carvalho a pensare che il rapporto fosse terminato.

"Vale a dire che ci sono cinquemila possibili assassini più uno, quel Sánchez Bolín."

Cifuentes fece spallucce. Come vecchio scriptwriter, la sua missione consisteva nel curare i dettagli e, come sceneggiatore fallito, non gli era possibile trarre delle conclusioni. E Madrid ha tre milioni di abitanti, pensò Carvalho, prima di abbandonarsi per qualche minuto a una certa svogliatezza che apparentemente poteva essere interpretata come perplessità.

Attraversava la hall centrale della sede televisiva di Prado del Rey con Cifuentes al seguito quando venne abbordato da un pel di carota piuttosto camuso e pieno di efelidi.

"Lei non mi conosce e pertanto mi presento. David Santidrián. Fui sul punto di diventare aiutoregista di Araquistain e lo conoscevo come il palmo della mia mano. A lei serve parlare con la gente comune di questa casa, non con questi qui."

Indicò Cifuentes indispettito.

Quando questi si congedò, sul suo viso c'era un'espressione sorniona: "Se ha bisogno di me mi trova nel mio ufficio. Ho una riunione e non finiremo prima dell'alba".

Santidrián quasi non attese la scomparsa di Cifuentes per commentargli: "Non è un cattivo ragazzo, ma si è messo in politica. Non ha mai fatto niente di buono in nessun campo e adesso si è messo in politica. Che odore sente da quando è entrato in questa casa?".

"Di Zotal, balsamo Sloan, zuppa liofilizzata."

"Non sia benevolo, odora di merda. So che lei è il segugio ingaggiato da Vilariño per annusare nella storia di Araquistain. Un segugio riconosce quest'odore tra mille. Qui c'è puzza di merda. È questo il pentolone in cui si cucinano le bugie dei governi e dove hanno cucinato la campagna per aderire alla Nato. Ci vogliono ficcare nel blocco imperialista degli yankee. Mi segua e non se ne pentirà. O meglio ancora. Le do un appuntamento per mostrarle stasera Madrid *la nuit* e per parlare con la gente di qui, ma quella comune. L'ospitano al Palace, suppongo. Passerò a prenderla dopo cena."

Carvalho gironzolò per le strade finché il corpo gli chiese di porre riparo ai disastri del pranzo e, guidato da un'informazione confusa ma suggestiva, s'incamminò verso calle Echegaray, alla trattoria di Caco Senante, a mangiare qualcosa che gli ricordasse allo stesso tempo i Caraibi e le isole Canarie. Chiese *moros y cristianos*, *ropa vieja*, banana fritta e, per far strada a quegli eccellenti sampietrini, mandò giù tre mojito preparati per lui dietro il bancone da un nero lento ma sicuro. Il proprietario del locale era un cantante protostorico del rock, anche se sembrava piuttosto un campione di lotta canaria incazzato da qualcosa capitatogli nella vita o nella storia. Chiese del formaggio palmero per tappare il buco dedicato al formaggio rimastogli nello stomaco, ma non ce n'era. Era uno dei destini della sua vita. Non trovare formaggio palmero nemmeno nei ristoranti specializzati in cibo delle Canarie.

Aspettò l'ora dell'appuntamento vagando intorno al palazzo del Parlamento e gli parve di riconoscere qualche deputato tra le persone che uscivano dall'edificio, evidentemente fuori orario, con l'aspetto di alunni condannati a restare in aula per non aver presentato i compiti. Associava quei dintorni alle immagini del colpo di stato del 1981, poco dopo il suo breve soggiorno a Madrid nel tentativo di scoprire l'assassino di Fernando Garrido, segretario generale del Partito comunista, riposi in pace. Si assassinava al massimo livello, che si trattasse di segretari generali o di registi televisivi negli stessi studi centrali di Prado del Rey.

Santidrián arrivò mentre Carvalho si domandava se la spettacolarità dell'assassinio di Araquistain fosse all'altezza dello strumento scelto per ucciderlo. Venir seppellito da un armadio facente parte della scenografia sembra qualcosa di più adatto a un film del terrore comico interpretato da Bud Abbott e Lou Costello che a una superproduzione di Madrid capitale della postmodernità.

"Lei si presenta già con un'altra faccia. Madrid cambia la faccia alla gente. Ho l'auto a riparare e sono venuto a piedi. Ma il posto dove andiamo non è molto lontano. Conosce la nuova Madrid notturna?"

"Quella vecchia, poco. La nuova, per niente."

"È la capitale d'Europa. Il fiore all'occhiello del continente. Lo dicono gli intenditori: lavoro a New York e vacanze a Madrid. O viceversa. Da quanto mi risulta, lei è catalano."

"Sono nato gallego."

"Ma vive a Barcellona. Quel posto è morto. Finito. Un mio amico che va spesso a Barcellona mi dice: 'Ragazzo, a Valladolid c'è più vita che a Barcellona'. Guardi."

Gli mostrò una cartella che teneva sottobraccio.

"*Suspense*. Più avanti le dirò che cosa ci sta dentro. È la chiave della faccenda. Io ero amico intimo di Arturo Araquistain e sono stato sul punto di diventare suo aiutoregista, ma gli intrighi me l'hanno impedito. Non le voglio mostrare le mie ferite di guerra, amico, ma lei ha davanti a sé un vecchio combattente antifranchista, cosa che, pur sembrando incredibile, oggi non usa più, adesso fa arrossire, in un misto di vergogna e cattiva coscienza. La vita di questa democrazia è come la scala di un pollaio: corta ma piena di merda. Questa sera lei potrà parlare con gente come si deve."

Risalirono il paseo del Prado finché Santidrián decise che era giunto il momento di infilarsi in una strada laterale che li condusse fino alla porta illuminata di un locale davanti alla quale si era appostato King Kong a fare la guardia.

"Ciao, bello scimmione."

Santidrián salutò compito, e dalla testa del gorilla uscì un educatissimo: "Buonasera, don David, a lei e al suo accompagnatore".

Santidrián studiava con la coda dell'occhio la da lui presunta incontenibile sorpresa di Carvalho.

"Madrid è un'altra cosa."

Il locale si chiamava "Mala Entraña" ed era diventato alla moda da quindici giorni.

"Lei è mai stato al Compinche, all'Ultra Sur, al Sargazos, al Caracol? Sono spuntati negli ultimi tre mesi. Il Boccaccio di Barcellona continua a essere il Boccaccio, ma la movida è inarrestabile. Si spande a macchia d'olio."

David Santidrián, quasi aiutoregista di Araquistain, era orgoglioso della Madrid *la nuit*.

"Dicono che tutto questo sia stato messo su da Tierno Galván. Ma manco per niente. C'è che il vecchio sindaco era più furbo di uno scoiattolo e salì sul treno della movida e lasciò in stazione, con un palmo di naso, l'intera cricca del *beautiful people*. Mi creda. Quando tra cinquant'anni si farà un bilancio della cultura democratica del dopo Franco, non ci sarà nulla di paragonabile alla movida madrilena. La rivoluzione degli scheletri, dal basso in alto."

"E cosa sarebbe questo *beautiful people*?"

"Ma lei dove vive? Ah, già, a Barcellona. Ma quanto siete rimasti indietro, da quelle parti! Il *beautiful people* è la bella gente socialista: il Boyer, il Rubio, il Solchaga, il Solana telefonista."

La star del Mala Entraña era una cantante inglese di ballate con quella faccia di eccellente salute pallida messa in mostra da alcune ragazze inglesi e due tette tonde e rosee che lasciava riposare sul pianoforte mentre cercava di contagiare il pianista con il sentimento delle sue canzoni.

"Osservi che cosa si beve."

Bottigliette di acqua Perrier.

"Ultimamente non si beve altro. Eccola lì, l'infame turba."

Fece strada a Carvalho fino a un tavolo dove sferruzzavano una conversazione due coppie e il conte Dracula. Le due coppie erano due coppie e il possibile conte Dracula era un giovane signore in lutto con le stempiature disegnate a carboncino, baffetti disegnati in modo simile e gli occhi truccati di rosso. A Carvalho parve di averlo già visto su qualche rivista.

"Dei televisivi e il Sinantropus Pekinensis. Quei quattro fanno parte della brutta gente di Prado del Rey e il Sinantropus è il leader di un gruppo rock di cui avrà sentito parlare: I Giustiziati Aggressivi."

"Chi è il tuo amico, Oloferne?"

"Ehi, io non mi chiamo Oloferne, ma David."

"È pur sempre un nome biblico. Che te ne frega, Oloferne?"

Gliene fregava, perché lo prese per la collottola con una mano e lo picchiò in faccia con il pugno formato dall'altra. Qualcuno gridò da un tavolo vicino, ma il Sinantropus si limitò a passarsi una mano molle sull'occhio e il labbro colpiti e comporre un sorriso a conferma di una convinzione segreta e a quanto pare intrasferibile. Santidrián capì che Carvalho era un po' sorpreso, perché con un gesto del capo lo invitò a non preoccuparsi e a sedersi al loro tavolo. Nemmeno le due coppie di televisivi sembravano toccate dagli eventi.

"Vi presento un segugio privato; le presento cinque conoscenti, anello mancante incluso."

Il Sinantropus sorrise a Carvalho mentre cacciava fuori la lingua e si leccava le labbra. Santidrián si corrucciò più del solito e borbottò: "Checca. Sei sempre più una checca. Questo segugio qui vuole scoprire chi ha ucciso quel basco tagliatore d'alberi".

"Tenendo conto di come funziona Prado del Rey, a mio parere si è buttato l'armadio addosso in segno di protesta."

Aveva parlato una ragazza con poco naso, pochi occhi e molta bocca, ma la risposta era stata efficace.

"C'è che a Prado del Rey persino le ragnatele protestano. Visto che Vilariño ha deciso di fare economia per potersi vantare davanti alla commissione parlamentare della sua bravura di risparmiatore, non ci sono soldi manco per le mosche."

"Prima c'era sempre una mosca fissa nell'organico."

Il dibattito si era generalizzato.

"Vediamo. Un po' di serietà. Questo signore non è venuto da Barcellona per sentire voi mendicanti."

Santidrián aveva capacità di comando.

"Ah, è catalano," disse una delle ragazze con una certa delusione.

"Di origine gallega," cercò di intervenire Santidrián.

"Ah, è gallego."

La ragazza insisteva con la delusione. A quanto pare, le deludevano tutte le regioni spagnole tranne la sua.

"Ho voluto che sentisse parlare la 'manovalanza' per

fargli sapere come stanno le cose. A Prado del Rey sono tutti molto incazzati, signor Carvalho. Lei ha parlato con i gerarchi e con Cifuentes, ma non con la manovalanza."

Indicò ciascuno dei suoi compagni e, giunto al Sinantropus, cancellò il gesto.

"Questo qui non conta. A Prado del Rey si ammazza tutti i giorni, signor Carvalho. Si ammazza di schifo la gente, e dico così perché quello che sta accadendo non ha un nome. Si calpesta la professionalità e si cerca fuori quello che si ha in casa. Lo sa cosa disse Vilariño quando venne nominato direttore generale? 'In questa casa non c'è un grammo di talento.' Lei crede che è così che si stimola il personale?"

"Sta di fatto che avete partorito delle schifezze impressionanti..."

"Tu taci, moccio di un punk, che non sei altro."

Santidrián non insultava il Sinantropus con accanimento ma, si sarebbe detto, con amabilità, d'altro canto corrisposta con sorrisi e strizzatine d'occhio.

"Araquistain era diventato la star di Prado del Rey dopo l'arrivo di Vilariño. Non mi sorprenderebbe affatto che a farlo fuori sia stato uno dei tanti nemici dello stesso Vilariño."

Vale a dire che i presunti cinquemila assassini potevano diventare trentamila.

"È importante che lei ascolti la manovalanza," insistette Santidrián indicando gli altri. Ma per quanto Carvalho si disponesse a farlo, nessuno parlava. Sorseggiavano l'acqua Perrier e distraevano lo sguardo nel locale utilizzando la gente come spettacolo.

"Eccolo, arriva Txiki Benegas."

Il numero tre del Partito socialista avanzava accompagnato da una musa televisiva e dal numero quattordici dello stesso partito a sua volta accompagnato da qualcuno sconosciuto a tutti. Santidrián si alzò di scatto e si gettò su Txiki Benegas per abbracciarlo e incoraggiarlo.

"Su con la vita, Txiki, la faccenda della Nato è risolta."

Benegas non riconosceva del tutto chi l'abbracciava, ma ebbe i riflessi per rispondere: "Per quanto poco ci piaccia, è una decisione di razionalità politica".

"Di razionalità politica; sissignore."

Benegas riteneva chiusa l'udienza perché seguiva la sua tribù in cerca di un altro tavolo e Santidrián tornò dai suoi compagni con lo sguardo acceso.

"Bravo ragazzo questo Benegas."

"Ma senti, tu non sei contrario alla Nato?"

Glielo chiedeva la ragazza dalla bocca grande, con gli occhi accresciuti dallo stupore.

"Sì, sì. Senz'altro."

"E allora, perché l'hai incoraggiato?"

"E cos'altro potevo dirgli?"

"Nulla. Bastava non dirgli nulla... Io sono per l'ingresso nella Nato e sono stato zitto."

Santidrián ora guardava il punk con ferocia.

"Perché se tu ti alzi a salutarlo, ti sparano addosso i guardaspalle. Ti sei visto allo specchio?"

"C'è che tu sei un leccaculo e vuoi diventare direttore generale."

Carvalho temette che si ripetessero i colpi d'introduzione, ma Santidrián era intimamente soddisfatto della buona accoglienza, a suo giudizio, ricevuta da Benegas.

"È un tizio davvero in gamba, questo Benegas, davvero in gamba."

Carvalho non aveva molto chiaro che cosa si potesse aspettare dal gruppo, ma nemmeno dal vaghissimo ingaggio investigativo fattogli da Vilariño. Aveva bisogno di uscire dal circolo vizioso di Prado del Rey e decise di telefonare a Sánchez Bolín, lo scrittore che gli era capitato di incontrare in un centro di benessere e dimagrimento, Le Terme. Mentre Santidrián usciva dal rimbambimento causatogli dall'incontro con Txiki Benegas, scese nella zona delle toilette per telefonare. Sánchez Bolín sembrava starsene seduto all'altro capo del telefono. Non ricordava Carvalho, ma acconsentì a un incontro quando gli venne fatto presente chi fosse e spiegato il perché della presenza a Madrid del detective.

"Alle otto di mattina."

"Se preferisce prima, prima."

"Purché non sia dopo le otto, venga quando vuole."

E attaccò.

Quando raggiunse il suo tavolo, gli altri lo aspettavano in piedi e pronti ad andarsene.

"Qui è un mortorio. L'inglesina deve avere le mestruazioni, perché canta delle ballate da sbadiglio. Conosco il posto che fa per noi: Copa y Coca. Lo hanno messo su certi amici miei. Lui era uno di quei cantanti di protesta e lei una psichiatra argentina. Tutto a base di panini alle acciughe, spumante catalano con *elixir d'amour* e una nera panamense che canta da dio i boleri."

Avendo notato una certa intenzione di ritirata in Carvalho, Santidrián gli mostrò la cartella indicandogli una delle ragazze.

"Le interesserà quel che c'è in questa cartella e quello che può spifferare Inma."

Inma sembrava schifata, senza che Carvalho fosse in condizione di sapere da chi o da che cosa. Uno degli uomini si scusò inventandosi un impegno e il Sinantropus si offrì di accompagnarlo con la sua Opel Kadett d'importazione; d'importazione, ripeté.

"Ho sentito. Per pavoneggiarsi di un'auto d'importazione, bisogna che sia almeno una Jaguar o una Ferrari. Sei un buzzurro, nient'altro che un buzzurro."

"Pensa a te, che non hai manco una Renault Cinque."

"Attento, che ti meno. Uno di questi giorni ti gonfio."

Ma invece di menarlo o gonfiarlo, al momento del congedo davanti a King Kong, Santidrián si lasciò baciare sulla guancia dal Sinantropus e ricambiò il bacio.

"Ciao, papà."

"Ciao, piccolo. Salutami tua madre, se la vedi."

"Se le do i tuoi saluti, mi manda affanculo."

Qualcosa di simile alla tristezza avvolse Santidrián nei primi metri che percorse facendo strada ai rimasugli del gruppo. A un tratto si voltò per informare Carvalho: "Il Sinantropus è mio figlio. Sua madre e io ci siamo conosciuti all'Instituto de Investigaciones Cinematográficas, verso gli anni sessanta. Lei era un corpo e io un'intelligenza. Ha mai visto corpo e intelligenza riuscire a capirsi? E adesso è spuntato fuori questo qui. Non rinnego mio figlio, perché è sveglio e riuscirà a cavarsela... ma a quale prezzo."

Sospirò, aspirò un po' di notte ed espirò una sacca d'angoscia.

"Ha visto che aspetto?"

"C'è di peggio."

"Ed è tutto di facciata. Poi sborra di piacere se lo porti alle giostre. È un modo di dire. La verità è che ho potuto fare poco per lui. Prima la lotta contro il franchismo, poi la lotta contro questa feccia che invade tutto. Meno male che sua madre aveva un bel paio di coglioni ed è riuscita a tirarlo su, altrimenti, se fosse stato per me... Quando aveva otto anni gli promisi una chitarra elettrica appena avesse pesato venti chili, perché era uno stecchino. Lui si mise a mangiare e trangugiare e ci riuscì, ma io non potei comprargli la chitarra. Mi porto questo fallimento piantato qui, dentro l'anima."

Indicò il punto giusto dell'anima in cui l'aveva piantato e gli piagnucolarono gli occhi.

"Siamo fregati, se gli prende per la serata patriarcale," bofonchiava Inma.

I cinque salirono su una Ford Fiesta, ma il conducente li avvertì che li portava solo fino al Copa y Coca, e che li lasciava lì.

"Devo finire un copione."

"Di cosa parla questa volta?"

"Di fondamentalismo islamico."

"La settimana scorsa parlava di acque residuali."

"Mi tieni il conto."

Santidrián sembrava seccato dalla quantità di copioni che affidavano all'altro.

"Forse mi fanno fare l'aiutoregista di *Il prete Merino*."

"Non lo si fa."

"Non si fa *Il prete Merino*?"

"Non c'è la grana."

"Sono uno sfigato di merda."

Il guidatore e la moglie li fecero scendere davanti alla porta del Copa y Coca e se ne andarono senza quasi salutare. Santidrián si era impossessato di Inma passandole un braccio sulle spalle, e di Carvalho abbindolandolo con la promessa di una serata indimenticabile.

"Inoltre, qui dentro si può parlare."

Ma non vedere. La cantante panamense risparmiava voce con il pretesto della sottigliezza interpretativa e i padroni del locale risparmiavano elettricità con il sistema di lasciare al buio lo scarso personale.

"Va alla grande. È quasi pieno!" esclamò euforico Santidrián, mentre dava colpetti alla schiena della psichiatra argentina. Lei non era dello stesso parere.

"Se continuano a venire in quattro gatti, qui chiudiamo baracca e burattini."

"Io mi stanco di distribuire biglietti. Dammene un po'."

"Eppure, nonostante il tuo inestimabile contributo, qui non viene anima viva."

Santidrián ignorò la beffa nella voce della donna e invitò Carvalho a entrare in sala al seguito di Inma, che del resto camminava piuttosto svogliata.

"Non c'è un cacchio e non si vede un cacchio," commentò la ragazza prima di lasciarsi cadere su una poltrona per giapponesi bassini.

"Non ti rannuvolare, Inma, che ti conosco. Siamo venuti qui per istruire il signor Carvalho sugli altarini di Prado del Rey e aiutarlo a trovare l'assassino di Arturo Araquistain. Ma prima che lei ci interroghi, le mostro questa cartella e gliela presto per qualche ora in modo che ne possa esaminare il contenuto. Non è solo un copione cinematografico perfetto intitolato *Assassinio a Prado del Rey*, ma è anche una tesi sul delitto. Una tesi ludica, si capisce. Cerco di inserire la tecnica del videoclip in un lungometraggio di tipo convenzionale. Il videoclip è qualcosa di più di un aperitivo audiovisivo. È un codice, un nuovo codice che traduce un nuovo modo di vedere e interpretare la realtà."

Infilò la cartella sotto il braccio di Carvalho.

"In questi giorni lei vedrà spesso Vilariño. Una volta letto questo copione, beninteso se le sarà piaciuto, mi farà un grosso favore se nel corso di una sua conversazione con lui gli insinua che ho scritto questo copione e che è assolutamente strepitoso. Vilariño preferisce le opinioni di chi non è della casa. Ho un'idea geniale. Lei potrebbe recitare nel film la parte del detective, Vilariño quella del direttore generale, e per il ruolo di Araquistain ho pensato a Héctor Alterio. Infatti, se Araquistain non fosse stato basco, avrebbe potuto benissimo essere argentino, non uno di quegli argentini sempre pronti a lottizzare le Malvine e venderle al primo arrivato, ma uno di quegli argentini micragnosi, di quelli che non reggono manco se stessi. Non è vero?"

Rideva della propria capacità di analisi psiconazionale e del proprio umorismo. Inma faceva smorfiette nauseate con la punta del naso e la padrona del locale si avvicinava a loro stretta in una gonna a tubo di tessuto lucido, una gonna troppo lunga o un paio di gambe troppo corte; invece, vista in controluce, la sua portatrice sembrava avere una testa enorme e piena di capelli.

"Vediamo un po' se mi paghi il conto dell'altro giorno. Che non è il conto dell'altro giorno, ma quello di molti altri giorni."

Santidrián sembrava così sorpreso di essere il destinatario di quell'evidente attacco che si guardò intorno, nel caso le parole fossero rivolte a una persona diversa.

"Dici a me?"

"E a chi, altrimenti? Qui si fa credito, ma fino a un certo

punto. Leo mi ha spiegato di averti già avvertito l'altro giorno, e che tu gli hai risposto: 'E datemi questo conto!', e che mentre lui andava a cercarlo te la sei data a gambe."

"E questo, adesso, cosa c'entra? Sono qui a parlare di progetti, di affari, con il signore qui presente, e tu ti fai avanti con il tuo miserabile conto di qualche migliaio di pesetas."

"Esattamente quarantaquattromila."

Santidrián si impennò alzandosi teso come una bestia minacciata.

"Qui a Madrid non si fa fare una brutta figura a nessuno per quarantamila miserabili pesetas!"

"O paghi o fuori."

Inma si era alzata e faceva strada.

"Suicidati, se vuoi, ma non rimetterti a fare casino."

Carvalho la seguì e lasciò Santidrián in un duo operistico con la psichiatra senza clienti, uno di quelli in cui il tenore e il soprano cantano ciascuno un'opera diversa. Mentre si ritiravano, Carvalho continuava a guardare il sedere di Inma, come se l'avesse appena scoperto, e provò interesse per il fatto di guardarle la faccia alla luce dell'insegna all'ingresso. Non male. Un po' disincantata e tristanzuola, gli occhi troppo piccoli con gli angoli piegati verso il basso e la bocca grande svogliata, ma a occhi chiusi poteva essere addirittura una bella faccia. Inoltre, la ragazza aveva vita e fianchi, era una donna ed erano appena scoccate le quattro di notte. Mentre decideva se dirle: "Hai un posto gradevole dove finire una serata sgradevole?" o "Diamoci una mossa altrimenti ci becca quel rompipalle", il rompipalle uscì precipitosamente dal locale agitando in aria la cartella. Si tranquillizzò appena li vide.

"Pensavo che se ne fosse andato senza la cartella. Non preoccupatevi. Tutto sistemato. Oggi la psichiatra aveva le paturnie. La vita non le è andata troppo bene. Gli argentini, nemmeno lo psichiatra li sistema, e del resto in Spagna noi spagnoli non ci lasciamo sistemare. Questa ragazza avrebbe dovuto autoesiliarsi in Svezia. Ho una magnifica soluzione alternativa. Inma, conosci A las Seis es la Cita?"

"Io con te non mi caccio in un'altra trappola."

"Lì non ho problemi."

"Io me ne torno a casa."

"E di un bicchiere a casa tua, che ne dici? Eccellente idea, no?"

Santidrián strizzò un occhio a Carvalho mentre Inma fermava un taxi. Entrò nel veicolo e i due uomini rimasero in attesa. Né l'auto partiva né lei dava segni di vita. Infine affacciò il viso svogliato al finestrino e qualcosa di simile a un sorriso da porte aperte le trasformò l'espressione da rimpatriata controvoglia in un'allegra faccia da presidentessa del tavolo della raccolta fondi per la Croce Rossa.

"Che aspettate? Intendete farmi tornare a casa sola soletta?"

Appena saliti sul taxi, Santidrián passò un braccio sulle spalle di Inma e sfregò una guancia sulla faccia della ragazza.

"Lo sapevo che la mia bambina non ci avrebbe mollati in mezzo alla strada."

"Ho un whisky di merda e un'incazzatura di merda."

Ecco che aveva già cambiato atteggiamento. A Carvalho pesava la serata e aveva il presentimento che l'aspettasse una di quelle notti che succedono a se stesse, allungate da nottambuli settari e dogmatici incapaci di concepire che qualcuno cerchi di sfuggire alla loro accogliente compagnia. Teneva di nuovo la cartella di Santidrián sottobraccio e nelle pupille del suo sguardo interiore la memoria del corpo di Inma che aveva creduto di vedere o si era immaginato. La punta del braccio di Santidrián, cioè la mano, pizzicava la guancia opposta di Inma.

"Questa è una ragazza con molto talento, sprecata a Prado del Rey. Scrive da dio. Era stata finalista al Premio Sésamo nel 1972. Ma a Prado del Rey? Lì, i casi sono due: o entri nelle grazie di qualcuno, diventi una star e ti affidano dei compiti, il che ti fa guadagnare degli extra e per di più ti fai un nome, oppure crepi di schifo nell'organico. È come l'organico di un cimitero delle intelligenze e la gente invece crede che sia Hollywood. Tu dici a chi ti pare 'lavoro in televisione' e ti guardano come se fossi il cugino di primo grado di Paul Newman. Non è così, bambina?"

"È tutto un inciucio."

E alzò gli occhi al cielo a renderlo testimone delle dimensioni dell'inciucio.

"Perché Araquistain è stato sempre una figura di prim'ordine, prima e ora? Se l'è mai chiesto, Carvalho?"

"No."

"Aveva quel radicalismo che il potere gradisce sempre in quanto è privo di nome e cognome. È il radicalismo dell'individuo che si muove per conto proprio. Ogni regime ha bisogno di ribelli nel suo organico. Invece, noi che ci battemmo contro il franchismo con l'azione e l'organizzazione, adesso risultiamo scomodi. Non è così, bambina?"

"E che ne so! La verità è che quel posto è una merda, tu sei una merda, io sono una merda e questo signore gallego è anche lui una merda."

"Oggi ha un diavolo per capello."

Santidrián tranquillizzò Carvalho. Il taxi si fermò in una strada sconosciuta al detective, davanti a una casa sconosciuta quanto la strada e in una città che lui conosceva poco. Vale a dire, era nelle mani di quelle guide esasperate ed esasperanti e per di più irritato con se stesso per essersi lasciato intrappolare per colpa di quell'insicura solitudine che ti iniettano le città nuove e poco conosciute. Dall'ascensore che odorava di quella ratatouille chiamata in zona *pisto manchego*, o in suo difetto di semplice soffritto, passarono in un enorme appartamento pieno di poster di Festival di Spagna, libri e cartelli stradali.

"Perché il marito era un pubblicitario del ministero e a lei piace rubare cartelli stradali quando è fatta o si è presa una sbronza."

La ragazza li abbandonò in un soggiorno dove la tappezzeria scoppiava da diverse scuciture e due o tre lampade indirette erano senza la lampadina o questa si era fusa. Santidrián fece l'occhiolino a Carvalho.

"Ce la possiamo scopare insieme. A questa qui piacciono i numeri forti."

La donna tornava con un bottiglione di whisky e tre bicchieri che aveva appena lavato e gocciolavano ancora. Guardò gli uomini con aria truce.

"Sembrate degli stupratori."

"Ma non è così, vero, bambina? Noi siamo un paio di tipi come ormai ce ne sono pochi, non come quel tuo marito mezzasega."

"Cos'hai da dire, tu, di mio marito?"

Tutto lo schifo espresso dalla faccia della ragazza sembrava suscitato dalla semplice presenza di Santidrián.

"Tu non gli arrivi manco a baciargli i piedi. E lo stesso vale per il tuo amico gallego."

"Suvvia, non fare la patriottica con tuo marito. Fa' vedere la tetta destra al mio amico. Lo sa che le manca il capezzolo della tetta destra?"

Carvalho non fece in tempo a sorprendersi. La donna si era sollevata il pullover che tenne in alto coprendosi il viso mentre due tette solide e puntute saltavano verso di loro. Evidentemente, una delle due era priva di capezzolo, appena un'ombreggiata punta marrone senza alcun rilievo.

"Soddisfatti?" domandò dall'interno dell'improvvisato cappuccio. Si abbassò il pullover e rimase in attesa. Santidrián andò verso di lei, ma fu fermato dalla donna che gli lanciò il bottiglione di whisky.

"Prendilo e versa. Vado a vedere se trovo qualcosa da mangiare. Ho la caverna che è tutta un ruggito."

E si passò una mano sullo stomaco. Il whisky era all'altezza delle circostanze. Sembrava un whisky maghrebino ottenuto dalla distillazione dei datteri. Santidrián si era ripreso la cartella, l'aveva aperta e cercava di leggere ad alta voce qualche paragrafo del suo copione. Fu allora che lei tornò dalla cucina con un piatto pieno di sparute melanzane di Almagro sott'aceto, suscitando curiosità sul tempo da esse trascorso a riposare nel piatto. Però non furono le melanzane a suscitare la curiosità di Carvalho, ma lo sguardo irritato e bieco da lei rivolto a Santidrián.

"Hai detto al tuo amico che mi avreste scopata, no?"

"Io non parlo come un camionista. Ma, dato che siamo qui, potremmo goderci la nottata."

"Stupratori."

La prima volta che lo disse fu con un tono indicativo, come se constatasse mentalmente un presupposto. Ma continuò a chiamarli stupratori con la voce sempre più alta, finché Santidrián si alzò per tapparle la bocca e Carvalho per andarsene. Appena voltò la faccia per osservare la scena di Santidrián con la mano morsicata e lei con la faccia schiaffeggiata e in piena isteria urlante. Una volta sulle scale si accorse di aver dimenticato la cartella. Ma non tornò indietro.

Qualcuno deve pur dormire, a Madrid, ma Carvalho non ci era mai riuscito. Ricordava quello stretto susseguirsi della notte e del giorno durante le indagini per l'assassinio al Comitato centrale e, dopo la scena isterica di Inma e Santidrián, un tassista che puzzava di tabacco lo portava alle sei di mattina verso Arturo Soria, dove risiedeva Sánchez Bolín. Un villino di mezza tacca, di un razionalismo che si vergognava di se stesso, tanto moderato da essere piuttosto prerazionalismo o postrazionalismo, e inoltre con un giardino abbandonato alla propria sorte, tutto alberi e foglie senza quasi alcuna concessione a un giardinaggio superstite e malmostoso. C'era luce nella casa e dalla luce apparve prima l'ombra di Sánchez Bolín, poi il suo corpo strizzato in un accappatoio troppo scarso. Era ingrassato di nuovo dopo il suo soggiorno alle Terme, ma il carattere non gli era migliorato. Senza preamboli, fece entrare Carvalho e lo invitò a proseguire lungo il corridoio pieno di libri verso il living e ad aspettarlo lì.

"Ho in cucina qualcosa che non aspetta."

Carvalho sfociò in una biblioteca mascherata da soggiorno. I libri lasciavano a malapena lo spazio sufficiente per un caminetto che conservava una coltre di ceneri dell'ultima volta che era stato acceso. Cartelle e fogli di carta scritti o scritti a metà si erano impadroniti delle poltrone e del sofà imbottiti a dovere e come impanati nel velluto. Sul tavolino era rimasto un vassoio con gli avanzi della cena e una bottiglia di vino di Cigales quasi finita. Sentiva il tramestio di Sánchez Bolín in cucina, da dove arrivava un complesso effluvio da cui spiccava il profumo del tartufo e del fegato di pennuto. Sánchez Bolín stava cucinando alle sei del mattino, eccesso evidente persino per Carvalho, il quale considerava un abuso prolungare tale attività oltre le tre. Dopo le tre di notte, cucinare è un atto troppo nevrotico per essere bello o troppo scientifico per essere spontaneo.

"Venga qui. Senza complimenti. Non posso lasciare questa roba."

Ubbidì alla chiamata di Sánchez Bolín, rifece il corridoio ed entrò in cucina, dove lo scrittore eseguiva una sinfonia da solo, con una strumentazione completa di casseruole, salsiere, mattarello, grassi, spezie, tritacarne.

"Ci devo riuscire entro questo mese. Sto sperimentando l'*oreiller de la belle Aurore*, che in ogni altra lingua al di fuori del francese suona malissimo, 'guanciale della bella Aurora'. Sembra il titolo di un romanzo sporcaccione di Pedro de Répide."

Parlava attento alla propria manualità, senza guardare Carvalho.

"Sto invecchiando e ho due conti in sospeso: il pasticcio dello Yorkshire e l'*oreiller de la belle Aurore*. Quando riesci a cucinare questi due piatti, significa che sei un cuoco per davvero. Tutto il resto: cucina della nonna e insalate di riso. Una miseria."

Lo scrittore portava la barba di più giorni con la dignità con cui l'avrebbe fatto il dottor Jekyll dopo la lunga ricerca della formula in grado di impedirgli di ridiventare Mr Hyde. Barba di giorni e spettinatura da doccia recente.

"Quando si cucina bisogna fare spesso la doccia. Altrimenti gli odori si mescolano sul proprio corpo. Ma fare la doccia senza insaponarsi. Il sapone distrugge l'olfatto. Per non parlare di questi gel dai colori melensi che oggi vanno di moda. Fai il bagno o la doccia con un po' di quella roba e non distingui un panino all'uovo sodo da un fagiano ripieno."

La pasta sfoglia aspettava nello stampo l'arrivo delle sue viscere di carne.

"È il settimo che preparo in un mese. Poi quasi non li assaggio. I primi tre li ho fatti consegnare da fattorini, di quelli con la moto, ad altrettanti critici, di quelli che non sanno né mangiare né leggere. Poi ho pensato che fosse tempo perso. A ciascuno il suo. Lo sa che cosa serve per fare un buon *oreiller*? Vitello, pernici, filetto di lepre, carne magra di maiale, prosciutto crudo, lardo, fegatini di pollo, midollo di manzo, aceto di vino bianco, olio d'oliva, cipolle, timo, champignon, tartufi, uova, pangrattato, pistacchi, brodo gelatinoso fatto con le ossa delle pernici e il filetto di lepre, burro, e poi la pasta sfoglia, è ovvio. La cosa più bella di un *oreiller* è il taglio in diagonale. Così si vedono gli strati di ingredienti tritati e i pezzi interi di carne. È come una sinfonia geologica. Del resto, è un piatto pazzesco, ideato da un pazzo. Viene attribuito a Brillat Savarin, un gastrosofo plumbeo del Diciannovesimo secolo che inventò questo piatto per la madre. Sarebbe curioso conoscere quella certa Aurore. Doveva essere insopportabile quanto il figlio. Il Diciannovesimo secolo è pieno di figli e genitori bizzarri. Pensi anche a Baudelaire e a sua madre, ad Alexandre Dumas figlio e padre. Tutti pazzi. La cucina è l'ipocrisia del cannibalismo. Gli anglosassoni, il popolo più cannibale della Terra, mangiano la carne quasi cruda."

Sánchez Bolín distribuiva gli strati di carne nella bara di

pasta sfoglia e, una volta che ebbe finito di sovrapporli, stese come lapide un'altra lastra di sfoglia. Dedicò un bel po' di tempo a realizzare un'autentica filigrana artigianale allo scopo di unire i lembi dell'impasto. Poi fece dei buchi nella superficie e inserì ciminiere di carta oleata. Finalmente pennellò la superficie con dell'uovo sbattuto e introdusse il catafalco nel forno.

"A partire da ora tutto dipende dal fuoco e dal calore. Come il ceramista che introduce la sua opera nel forno. Il risultato appartiene a qualche dio minore che non conosco. Che è lì dentro."

E indicò il forno ormai chiuso. Sembrava improvvisamente stanco, quasi sfinito.

"È da mezzanotte che sono qui, a seguire questa faccenda. Passiamo nel living. Questa roba deve stare chiusa dentro per due ore e va mangiata domani, fredda. In quale albergo alloggia?"

"Al Palace."

"Gliela manderò."

Lo precedette nell'uscita dalla cucina e raggiunse ansioso il soggiorno per lasciarsi cadere sul divano, senza rispettare la coltre di cartelle scritte su cui andò a finire la sua poderosa umanità.

"A volte mi siedo sui miei romanzi scritti a metà, come i tartari si sedevano sulla carne cruda per poi mangiarsela. È l'origine della *steak tartare*. Un'origine nobile, non come quella dell'*oreiller*, che è evidentemente incestuosa."

Aveva esaurito la voglia di parlare di cucina e palpabilmente anche quella di parlare in generale, perché la testa cominciò a cadergli dal sonno.

"Sono venuto per la storia di Araquistain."

"Certo. La sera in cui venne ucciso stavo cucinando il mio secondo *oreiller*. Cercai di convincere del fatto la polizia, ma non mi fecero alcun caso. Il peggio della polizia spagnola è che si nutre di panini al tonno di seconda scelta e insalata russa. Volevano affibbiarmi l'omicidio perché mi pensano tremendamente offeso per l'assassinio commesso da Araquistain a danno dei miei racconti. Ma ti assassinano sempre quello che scrivi. Scrivere è come fabbricare piatti per il tiro al piattello o partorire piccioni per il tiro al piccione. Io non me ne vado in giro ad ammazzare critici o lettori cretini."

"Aveva motivi per essere indignato?"

"Tutti e nessuno. Quello che Araquistain aveva trasformato in immagini non aveva quasi nulla a che vedere con quanto avevo scritto io. Gli interessava solo il prestigio del mio personaggio. Poi si ficcò a capofitto in quello che l'ossessionava, e si vede che in quel periodo le sue ossessioni erano scadenti. Ci sono periodi di ossessioni eccellenti ed epoche di ossessioni mediocri. È capitato che in quei giorni fosse ossessionato dal sesso rapido ed evidente. Non si sono mai viste tante tette per così pochi motivi nella storia della cultura audiovisiva universale come nella serie dedicatami da Araquistain. Lei conosce il personaggio dei miei romanzi?"

"Non ho letto nulla dalla caduta di Dien Bien Phu."

"Non vedo la relazione causa-effetto, ma non la vedo quasi mai. È un motivo come un altro. Lei non ha libri?"

"Ne conservo qualche migliaio, ma per bruciarli o accendere il caminetto."

Sánchez Bolín si era ripreso e lo guardava con maggior attenzione.

"Roba da fascisti. Io qualche volta riservo alcuni libri per il destino funzionale di carta igienica. Per esempio, adesso tengo in gabinetto *Il bambino giudeo* di Leonardo Mazacot. È un libro di carta tanto assorbente quanto la prosa del suo autore. Una prosa tanto assorbente da farti venire il glaucoma. Se la leggi puoi diventare cieco. E anche quando viaggia brucia dei libri?"

"Faccio quel che posso."

"Si tira dietro un fornello portatile?"

"No. Mi adeguo alle circostanze e all'infrastruttura crematoria alla mia portata."

"Ecco, lì c'è un caminetto. Scelga il libro che vuole e lo bruci."

"Mi orienti."

"A seconda del prezzo, della rilegatura, della casa editrice, del contenuto?"

"Di solito traggo ispirazione dalla memoria. La mia cultura è la mia memoria."

"Cazzo. Lei parla come un poeta della generazione degli anni cinquanta. Prenda quel libro lì, quello grigio. Sono le poesie complete di Jaime Gil de Biedma. Lo bruci e non si preoccupi. Ne ho un'altra copia. Ha mai letto Jaime Gil de Biedma?"

"Lo confesserò solo in presenza del mio avvocato."

Bruciò il libro di Jaime Gil de Biedma nel caminetto davanti allo sguardo attento di Sánchez Bolín. Le labbra dello scrittore sussurrarono: "Nulla tanto triste quanto una stanza per due, quando non ci amiamo più troppo... Sono due bei versi di disamore di uno dei migliori poeti d'amore contemporanei. Ma bruciano bene. Se lei è un piromane di libri avrà notato che i libri di poesia bruciano meglio di quelli di prosa. Gli spazi bianchi facilitano la combustione. Conosce il racconto di Andersen sul lino, la storia di una pianta di lino che alla fine diventa un libro bruciato? Pochi libri si salvano dal rogo. Lo so, e poiché lo so, non me ne andrò in giro a uccidere piromani impazienti come Araquistain. Ma pensi a quello che le dico. La chiave di questo omicidio si trova nelle opere di quel dissennato. Lei dovrebbe avere la pazienza di rintanarsi in una sala di proiezione e riguardarsi i film che ha girato. Ci sono cose eccellenti, glielo assicuro. Aveva mestiere e ossessioni, cioè, aveva quasi tutto quel che serve per creare. Gli mancava il senso della sfumatura e del *fait divers*. Era un culturista dell'immagine. Tutto quel che non fosse muscoli e proteine non lo interessava. I miei scritti sono piatti fondi o primi piatti, signor Carvalho, pieni di distrazioni e di materiali ignobili. Odio il filetto di manzo. Non c'è niente di meglio di un riso al baccalà, con poco baccalà, tanta bietola, qualche fagiolo e un peperoncino tritato inserito nel soffritto. Davi questa ricetta ad Araquistain e lui ti faceva un baccalà *a la vizcaína*. Adesso mi sono messo a cucinare *oreiller* e pasticci dello Yorkshire come allenamento per scrivere un nuovo *Ulisse* prima di rimbambirmi del tutto. *Ulisse* fu un abuso, un'autentica esagerazione. È servito solo per farci campare quattrocento specialisti di Joyce che conoscono perfino il rapporto tra ciascuna marca di birra irlandese e il colore della pipì che ne deriva."

"Tornando ad Araquistain..."

"Non me ne sono mai allontanato. Se mi interessasse sapere chi è l'assassino, lo scoprirei. Ma non mi interessa mai. È necessario che il lettore lo sappia, ma a me non interessa troppo. E nemmeno che lo venga a sapere la polizia. La polizia dovrebbe esistere per impedire gli omicidi, non per scoprire gli assassini impulsivi."

"In questo caso è stato un assassino impulsivo."

"Non c'è dubbio. E legato all'ambiente. Non è stato ucciso in quella stupida segheria dove andava a spaccare tronchi d'albero, né mentre usciva di casa, né in uno di quegli sferisteri per la pelota basca di cui era un vero patito. È stato schiacciato da una scenografia che lui stesso stava per adoperare. Tenga conto di questo dato e vedrà che la sua indagine le diventa facile."

Quando Sánchez Bolín si addormentò, o finse di farlo, Carvalho esitò se abbandonarsi pure lui al sonno o raggiungere l'albergo e infilarsi nella patria propizia delle lenzuola. L'idea diventò un'ossessione e uscì dal villino dello scrittore precipitosamente.

Carvalho dovette farsi a piedi cinque o sei isolati prima di trovare un taxi dove cominciò ad appisolarsi, per essere svegliato dalla frenata davanti al Palace. Poi ricordò di aver pagato senza sapere quanto pagava e di essere arrivato alla reception semicieco, ma che lì gli aprirono gli occhi due confusi fagotti umani che gli mostrarono qualcosa di convincente, probabilmente il distintivo della polizia, e gli chiesero di seguirli alla centrale.

"Centrale di cosa?"

Forse glielo dissero, ma si rese evidente che si trattava di un edificio pieno di poliziotti di cattivo umore; costituzionale, questo sì, ma cattivo umore.

"Avevo voglia di vedere proprio lei."

"Da tempo, o è stato un interesse repentino?"

L'interesse in ogni caso era urgente, perché l'uomo dolicocefalo con occhiali da grave miopia gli mise davanti agli occhi una foto in cui non tardò a riconoscere David Santidrián con qualche anno di meno e la faccia da essersi fatto la foto in quello stesso edificio, dopo lunghe ore di dormiveglia. Era una foto segnaletica. Di fronte e di profilo.

"Lo conosce?"

"Perché dovrei conoscerlo?"

"Non mi renda le cose difficili."

Sostituì la foto della schedatura con un'altra ancora calda. Probabilmente il contenitore era ancora caldo, ma il contenuto freddo. David Santidrián aveva la bocca aperta e gli occhi vitrei. Era tanto convenzionalmente morto quanto qualsiasi personaggio dei film che non aveva mai girato.

"Lo conosce, ora?"

Dovette raccontare l'abbordaggio di Santidrián a Prado del Rey, la sua strana mania di parlare con la gente comune, la sua cartella dimenticata, la via crucis lungo le sale apparentemente festose e l'abbandono a notte fonda.

"Dove l'aveva lasciato?"

"Dove l'hanno trovato?"

"Lei schiva le domande, da buon gallego. Ma lo sono anch'io."

"Doveva capitarmi un giorno o l'altro."

"Non ci nasconda un'informazione che prima o poi riusciremo ad avere."

"Siamo stati nell'appartamento di un'allegra divorziata e si è fermato lì a bere un whisky maghrebino."

"Nome della divorziata."

Era eccessivo. Venivano pagati dai contribuenti perché imparassero a memoria il nome di tutte le divorziate pericolose. Fece spallucce.

"Non sempre interessa il nome di un corpo."

"Capisco. Ma almeno saprà da che parte si trova l'appartamento dell'allegra divorziata."

"Non conosco Madrid e mi sono lasciato portare."

"Ma poi è uscito e suppongo che sia uscito in una strada, o questa divorziata vive sotto un ponte?"

"Ho preso subito un taxi."

"Ed è tornato in albergo."

"No. Sono andato a casa del mio scrittore preferito."

"Mi dica il nome, per vedere se è anche il mio."

"Sánchez Bolín."

"Ci mancava solo lui."

A quanto pare l'ispettore talpone non era soddisfatto di nessun passato incontro con Sánchez Bolín.

"Avete parlato di letteratura, suppongo."

"O di gastronomia e cucina. Per Sánchez Bolín una cosa vale l'altra."

Strana coincidenza, avrebbe pensato Carvalho in seguito, una volta compiutisi gli eventi che ebbero luogo a partire dal momento in cui si aprì la porta e un giovane poliziotto chiese di parlare a tu per tu con l'ispettore. Parlavano di lui, lo intuiva perché non lo guardarono una sola volta e avevano la stessa rigidità nei colli e nei corpi. Il suo interrogatore tornò al luogo di partenza e rimase in silenzio fino al ritorno dell'altro, portatore di un pacco avvolto in carta del negozio Loewe e ornato con una fettuccia azzurra di raso.

"Lei lo sa, cos'è questo?"

No, non lo sapeva ma non rispose per guadagnare tempo e indurre le labbra dell'ispettore a muoversi di nuovo.

"Gliel'hanno portato in albergo dopo che i miei colleghi sono passati a prenderla. L'avete controllato con il detector?"

La domanda era indirizzata all'altro, rimasto appoggiato con tutto il corpo su una sola spalla contro la parete. Fece di sì con la testa.

"Le dispiace se l'apriamo?"

Realmente non gli dispiaceva che l'aprissero, cosa che fecero con cura per non rovinare nemmeno la carta di Loewe. Dentro c'era una grossa scatola, come da scarpe per un gigante, e nell'aprirla l'ispettore arricciò il naso prima di spingerla perché Carvalho ne decifrasse il contenuto. Non trattenne un sorriso e si lasciò cadere nella poltrona sollevato e contento.

"Cos'è questo? Uno scherzo?"

"Direi che è un *oreiller de la belle Aurore.*"

"Dannato figlio di buona donna! Di nuovo quella schifezza!"

Tutto ciò che nel miope era indignazione, nell'altro era diventato un attacco di risate. Carvalho pensò che quello serio doveva essere del vecchio regime e che quello ridanciano forse faceva parte di un sindacato democratico di polizia, anche se l'apparenza inganna. Ma l'interrogatore non pensava poi tanto alle schifezze di Sánchez Bolín, perché a un tratto affrontò Carvalho sputandogli addosso: "E la cartella?".

"Quale cartella?"

"David Santidrián le aveva consegnato una cartella. O, per dirla meglio, aveva tentato di consegnargliela, quando lei l'ha lasciata nell'appartamento di Inmaculada Cuadrado Sancisibar, del personale tecnico di Prado del Rey, per maggior precisione, assistente alle Produzioni speciali. Dato che il signor Santidrián tardava a tornare, Inmaculada Cuadrado, come risulta dalla sua deposizione, scese ad aprirgli il portone in quanto il citofono non funzionava e se lo trovò sul marciapiede con la testa fracassata e senza la cartella."

"Cerchi un tassista addormentato che passava da quelle

parti alle cinque del mattino e avrò il mio alibi. Ho preso il taxi e non mi è parso di essere seguito dal signor Santidrián, e non l'ho nemmeno sentito chiamarmi per nome."

"Lo hanno freddato appena messo piede fuori dal portone. Lo stavano aspettando. Badi, Carvalho, lei si sta cacciando in qualcosa che non la riguarda. Voi non potete indagare su delitti di sangue tranne che con permessi speciali, e il signor Vilariño, ingaggiandola, ha commesso un abuso di ufficio. Rimanga a nostra disposizione e non cerchi di muovere le carte per conto suo. Il caso Araquistain si sta complicando."

"Cos'ha a che vedere il caso Araquistain con l'assassinio di Santidrián?"

I due poliziotti si guardarono, in modo appena percettibile, e opposero a Carvalho un mutismo complice, mentre quello che dirigeva l'orchestra indicava al detective la porta di uscita. Gli avevano spezzato il sonno, ma aveva sonno, un sonno culturale, la nostalgia del sonno, da cui dovette prescindere quando alla reception vide Cifuentes che lo stava aspettando.

"Vilariño ha mosso mari e monti per farla uscire. Già non mi era piaciuto affatto che se ne andasse con Santidrián, riposi in pace. È un pasticcione. O meglio, era un pasticcione."

"Che rapporto poteva esserci tra Santidrián e Araquistain?"

"Avevano collaborato in qualche occasione, Santidrián come subalterno. Poi ebbero una discussione quando affidarono ad Araquistain il personaggio di Sánchez Bolín. Santidrián ce l'aveva messa tutta per esserne il regista e persino Sánchez Bolín si era mosso in suo favore, perché in passato erano stati compagni di partito o qualcosa del genere. Santidrián faceva solo pasticci. Era un pasticcione. Arrivò a presentare la propria versione dei racconti di Sánchez Bolín per diventare lui il regista della serie, ma non si fidavano delle sue capacità. Quando a cinquant'anni nessuno si fida delle tue capacità, la cosa migliore da fare è rinunciare ad avere capacità."

"È una teoria. Santidrián fu interrogato in merito all'assassinio di Araquistain?"

"No. Eppure aveva seguito le riprese molto da vicino. Si era talmente ostinato che Araquistain cedette per non avere problemi. Non si parlavano, ma assisteva alle riprese. Cosa vuole fare adesso?"

"Dormire e vedere tutte le riprese di Araquistain."

"Tutte? Ha davanti a sé due giorni senza chiudere occhio."

Mentre lo accompagnavano in albergo in una macchina ufficiale della Televisión Española, Carvalho diede un'occhiata sfuggente alla prima pagina di "El País" appena sfornato. In un riquadro coronato con la testa condottiera di Vilariño, si facevano congetture sul suo prossimo allontanamento.

"Stanno per licenziare Vilariño?"

"Si sono viste cose più strane."

"Perché?"

"Le rispondo con una frase dello stesso Vilariño."

La frase tardò ad arrivare. Cifuentes deglutì saliva emozionato e infine disse con voce tremante: "Roma non paga i suoi fedeli".

Si sdraiò sul letto con il formicolio agli occhi, ma rimasero tanto aperti che sembravano riaffermare la loro volontà di non chiudersi finché a un tratto venne invaso da un sonno oleoso che gli si espandeva nel corpo come una sostanza scivolosa e conquistatrice, lentamente, angolo dopo angolo, fino a raggiungere il cervello e lasciarlo affettuosamente bloccato. Lo svegliò l'insistenza del telefono e notò di avere il mento bagnato dalla bava e gli occhi beneficiati dall'oscurità che suppose dovuta al tramonto. Ma non era quella del tramonto. Sia la voce di Cifuentes all'altro capo dell'apparecchio sia l'orologio gli confermarono di aver dormito appena un'ora, la penombra era dovuta alle imposte socchiuse.

"Mi scusi se l'ho svegliata, ma gli eventi precipitano e sarebbe urgente che lei guardasse i film di Araquistain."

"Qualche colpo di stato?"

"Perché mai un colpo di stato?"

"A Madrid, si sa..."

"No. Ma Vilariño traballa e il suo ingaggio è una decisione personalissima del direttore generale."

"Ma chi paga, l'Ente Autonomo della Radiotelevisione Spagnola o il signor Wenceslao Vilariño?"

"Paga l'Ente, ma l'Ente paga quando gli gira e, invece, con Vilariño di mezzo è tutt'altra faccenda."

"Mi ha convinto."

Dormire è un fatto più di qualità che di quantità, si disse cercando di convincere quell'essere occulto all'interno del cervello che amministra il sonno. La doccia fece tutto il resto e la rasatura si spazzò via i sedimenti della sonnolenza. L'auto ufficiale della Televisione e Cifuentes lo aspettavano alla porta dell'albergo.

"Andiamo a visionare il materiale in certi studi di Madrid. Risulta più veloce e quasi più economico che utilizzare gli impianti della Televisione. Trovare una sala, il personale disposto a fare ore di straordinario, forse non peschi quello giusto e si lamenta di qualche infrazione allo statuto dei lavoratori. Prado del Rey è carne viva. Completamente scuoiata."

"Si conferma il licenziamento di Vilariño?"

"Dipende dal guanciale del presidente del governo."

"Se ha dormito come me, può considerarsi licenziato."

Sembravano un commando con l'obiettivo prefissato e le ore contate, e fu in questo stile che sbarcarono negli studi. Carvalho chiese la serie di Cartagena Sánchez per cominciare e si autoprescrisse per il resto della giornata quella di Federico Luceros e subito dopo quella di Sánchez Bolín. "Quattordici ore di fila," annunciò Cifuentes con la faccia ormai così lunga e scoraggiata da sembrare una tasca vuota.

"Intendo fare una pausa per mangiare."

"Ci facciamo portare qui una cosa qualsiasi."

"Di una cosa qualsiasi non se ne parla nemmeno. Qual è il ristorante migliore da queste parti?"

"Il Jockey."

"Allora che mi portino la carta del Jockey e scelgo io il menu. Lo mangerò qui, ma sarò io a sceglierlo."

"Non si muove foglia che il padrone non voglia," bofonchiò Cifuentes, con il suo universo gastronomico rotto da quel vizioso del palato. Non era nemmeno tanto d'accordo con quella sessione ininterrotta di cinema. Le immagini non uccidono, pensava, ma non lo disse a Carvalho; al contrario, si accinse, con un bloc-notes in mano, a prendere appunti sotto la luce di una torcia-penna-a-sfera. Mentre si papparono per tre ore la storia della sirena e dei pescecani, corrispondenti a tre capitoli, Carvalho cercava di verificare la diagnosi di Sánchez Bolín, ma non gli quadravano i conti. Araquistain, più che poco dotato per la digressione, sembrava fatto per girare film che a Carvalho sembravano una digressione allo stato puro, un gironzolare intorno a un'idea-pretesto, la quale alla fine era il solo elemento che non aveva osato sostituire, pur avendone evidentemente voglia. Cioè, al detective parve che Araquistain disprezzasse tutto ciò che non era stato lui a ideare, pensando che tutto sommato sarebbe stato molto meglio se l'idea fosse stata sua.

"C'era stato un qualche particolare incidente nel corso di queste riprese?"

"L'incazzatura di qualche sirena. Sono rimaste a mollo per ore e ore. Poi si è saputo che una di loro era incinta, ma non le si notava quasi, e Arturo eliminò in fase di montaggio i piani più compromettenti."

"Incinta di chi?"

"Del marito. Lì, tutto regolare. Ma mi pare che poi quella ragazza abbia smesso con il cinema e abbia aperto una boutique a Puerto Banús."

In quel che aveva appena visionato, lo sguardo di Araquistain aveva cominciato trattando amorevolmente il corpo delle sirene, per finire stufo di tanto pesce fresco. Prima di iniziare a guardare la favola del picador criptobasco, arrivò un cameriere del Jockey con la carta, e dopo averla esaminata, Carvalho chiese un pasticcio di porri e la brioche con *foie* al midollo di bue, un rosso Valbuena dell'82, una torta di lamponi, un bicchiere di Fine de Bourgogne con il caffè e un Lusitania Pertegaz per fumarselo in onore di Federico Luceros. L'ordinazione dal Jockey arrivò a metà della proiezione del primo dei tre capitoli di *Il picador d'ombre*. Secondo Cifuentes, Araquistain in quella serie aveva compiuto un duro sforzo per trasformare le metafore letterarie in metafore filmiche.

"Altrimenti avrebbe dovuto far apparire mezzibusti parlanti per declamare le stronzate. Luceros scrive quasi in versi."

A Cifuentes non piaceva che la gente scrivesse in versi, forse non gli piaceva neanche che la gente scrivesse. Il primo capitolo sembrava una commedia regionalista di Berlanga con un picador andaluso dalle aspirazioni basche. A poco a poco il personaggio impazziva per diventare un terrorista che amava e odiava la corrida, vestito da soldato basco su un cavallone normanno e deciso finalmente a morire ammazzando con il sistema di tentare invano di strangolare il toro.

"Era pazzo."

"Araquistain? Disse che stava per fare un film da festival, ma a modo suo. Nei festival le spagnolate sono bene accette, ma lui vi ha aggiunto tutta quella simbologia basca. Diceva che era una metafora sulla relazione amore-odio tra il Paese Basco e la Spagna."

"Qualcosa di strano durante le riprese?"

"Nulla. Luceros dopo si è incavolato come una bestia, ma nel suo stile. Ha una frase brillante per ogni circostanza e in quell'occasione ne ha sputata qualcuna. Che gli avevano trasformato il picador di ombre nel picador della malombra... che quello non era un film né niente di simile, che era una *txapela*, un cappello basco... che la differenza tra Araquistain e lo strangolatore di Boston era che lo strangolatore di Boston strangolava per amore dell'arte..."

Carvalho spazzolò il menu tra il secondo e il terzo capitolo mentre Cifuentes andava alla caffetteria più vicina a prendere la sua cosa qualsiasi preferita. Poi finì di vedere quella corrida e valutò assai positivamente le tette che Araquistain aveva selezionato con la scusa che le donne sugli spalti si dovevano spogliare davanti alla morte del toro e del picador.

"Era un grande assaggiatore di seni."

"Lo ossessionavano. Ma solo nella zucca. Quando stava per scoppiare, diceva, andava a Cercedilla a tagliare tronchi. Non ne ha tagliati mai tanti quanto durante le riprese della serie di Sánchez Bolín. Otto capitoli. Deve aver disboscato tutta Navacerrada."

A Carvalho facevano male gli occhi, ma il Fine de Bourgogne era un'*eau de vie* straordinaria, equivalente ai migliori cognac e armagnac assaggiati nel corso della sua vita.

"Partiamo con Sánchez Bolín."

"È lei a volerlo."

A Cifuentes scappò da ridere sotto il naso. Il primo telefilm parlava del presunto assassinio di una gogo-girl, ma tutta la trama, tutto lo svolgimento sembrava un mero pretesto perché il detective si mascherasse da donna e finisse per innamorarsi di un travestito bono da morire. Nel momento in cui scopre l'inganno, il detective colpisce spietatamente la ragazza-ragazzo.

"Coproduzione ispano-francese."

"Dopo questa roba non hanno chiuso la frontiera dei Pirenei?"

"La critica francese l'ha trattato meglio di quella spagnola."

"Cos'ha a che vedere con i testi di Sánchez Bolín?"

"Quasi nulla. Che uccidono una gogo-girl. Quest'è tutto."

C'era anche ben poco in comune tra l'idea originale e la versione Araquistain nel secondo, nel terzo e nel quarto capitolo, un'assurda storia ideologizzata in cui i personaggi passavano tutto il tempo a dire "puttana", "coglioni", "cazzo", "condizioni oggettive", "lotta di classe" e altre semplificazioni marxiste, ma con sfottò, con malafede nostalgica negativa. Nulla faceva impressione a Carvalho. Sembrava un lavoro fatto svogliatamente e con il solo proposito di salvaguardare una decorosa calligrafia filmica, eccellenti esterni e i molti soldi spesi dalla produzione. Sánchez Bolín aveva ragione. Il suo antieroe passava da un film all'altro con il pene fuori dalla gabbia mentre tutte le ragazze tentavano di violentarlo dentro un'utilitaria.

"Somiglianze con l'originale?"

"Le solite in un regista di talento. Nessuna o quasi nessuna."

"Lei è tra quelli che credevano nel talento di Araquistain?"

"Araquistain era un animale da cinema. Lo si annusa e si riconosce dopo appena cinque minuti, osservando come si muove un regista sul set o dovunque sia. Ma è possibile che si fosse un po' smarrito durante queste riprese. Voleva levarsele di dosso quanto prima ed era in ansia per un possibile ingaggio negli Stati Uniti. Inoltre, in quei giorni faceva molte cose strane. Direi che avesse perso la testa per alcune delle ragazze che lavoravano nella serie. Soprattutto per quella che stiamo per vedere adesso."

"Perso la testa? Non era un uomo equilibrato e dall'irreprensibile vita privata?"

"Questo è il guaio. Sparava solo a salve. Salve che comunque sparava poi a Cercedilla, spaccando tronchi uno via l'altro."

Cominciò il telefilm. Festa di nozze tra nomadi, di quei seminomadi del Nord della Spagna che alcuni chiamano *quinqui*. Una ragazza scontrosa e primitivamente bella che sposa un *quinqui* ricco. Si presenta al matrimonio un vecchio pretendente e si assiste al confuso omicidio del neosposo. Quel che sembrava tragedia diventa farsa, perché la sposina fugge con il presunto assassino. Cominciava alla Federico García Lorca e finiva come una commedia americana interpretata dai peggiori nemici di Cary Grant e Katharine Hepburn, con il film diretto dal peggior amico di Lubitsch. E a lasciare stupefatto Carvalho fu che, con il sistema di rammentare più volte la sequenza dell'omicidio, da diverse angolature, Araquistain fosse riuscito a riprodurre fino a otto volte i seni della *quinqui*, fregandosene quasi del resto del corpo. Seni. Seni. Seni. Cocciutamente brevi ma pieni, bruni e nobilitati nella punta da capezzoli viola. Carvalho sbuffò.

"Si nota, eh?"

"Qual era l'idea originale di Sánchez Bolín?"

"Non aveva nulla a che vedere. Per cominciare, la ragazza muore all'inizio insieme al marito, in fondo si trattava di una faccenda da *Padre padrone*, di un padre ultrapossessivo che ammazza il figlio perché non coincide con il modello da lui prefabbricato. Araquistain lo trasformò in una parata per esibire il corpo nudo della ragazza."

"Lei, chi è?"

"Non era di questa guerra. Ha debuttato qui per poi scomparire. Adesso ricordo. Mi sembra che sia stato Santidrián a procurargliela. Era una *quinqui* o quasi. Una ragazza di quelle parti. Del tipo di attori adoperati a volte da Saura o da Gutiérrez Aragón."

"Non è successo niente tra lei e Araquistain?"

"Non che io sappia. E di solito ne so abbastanza di queste tresche."

Si avvicinava l'ora di cena e Carvalho questa volta scelse un menu dello Zalacaín. Consisteva in una casseruola di ostriche e gamberi al sidro, scaloppine all'aceto di Jerez e una torta di riso all'arancia. Cifuentes era al limite della sua comprensione razionale. Sembrava che fosse sul punto di vomitare, al solo sentire il nome dei piatti. Poi si immersero di nuovo in un altro film della serie, ma per il resto della notte gli occhi di Carvalho titillarono i seni bruni di quella ragazza, il suo sguardo scontroso, anche se in fondo agli occhi splendeva l'ingenuità di ogni giovane animale. Giunti all'ultimo film della serie di Sánchez Bolín, sentiva gli occhi trasformati in bottoni indolenziti e accanto a lui suonò la voce esangue di Cifuentes: "Basta per oggi, no?".

"Telefoni e senta se Vilariño ha conservato il posto."

"Lo conserva. Per il momento."

E gli allungò un foglio di carta che gli avevano passato nel frattempo. Qualcuno vi aveva scritto: "Tutto continua come sempre". Carvalho si sfregò gli occhi, ma non riuscì a cancellare l'immagine della ragazza.

"Sarebbe possibile localizzare la protagonista de *Le nozze*?"

"Non so niente di niente. Forse in contabilità hanno il suo indirizzo nello schedario. Inma potrebbe dirle qualcosa. Lavorò durante le riprese come segretaria di produzione e fu lei a incaricarsi di tenere a bada la ragazza. Non se la cavava male. È sempre così sballata che più strani sono gli attori, meglio le riesce."

"Devo parlare urgentemente con Inma. Dove posso trovarla?"

"In uno qualsiasi dei cinquemila tuguri di Madrid. È in casa a partire delle cinque del mattino. Se non la disturbo, l'accompagno nella ricerca. Così digerisco."

E guardò con un malcelato disgusto gli avanzi rimasti nei piatti della cena di Carvalho.

Tre ore dopo, le teste di Cifuentes e Carvalho crollavano talmente di sonno ed esasperazione da scontrarsi quasi quando entravano nelle caffetterie, pub o night-club e discoteche, con l'ormai debole ombra di Inma negli occhi e il suo nome divenuto un sussurro sulle labbra. Aveva lasciato tracce in due posti: in uno aveva mangiato una mezza porzione di lenticchie con salamino piccante.

"Aveva poca fame," fu il commento del cameriere. In un altro si era messa a piangere, ubriaca fradicia, e aveva raccontato al cameriere la sua storia di amore impossibile con un figlio di puttana che avevano ammazzato la notte prima assestandogli un colpo.

"Era troppo andata. Le ho offerto di accompagnarla a casa in taxi o comunque di chiamarlo, questo taxi... Ma mi ha risposto che i vecchi elefanti si nascondono per piangere e per morire."

"Deve essere molto grave, la Inma, se le vengono in mente certe cose."

A Vallecas, esaurita la possibilità di un locale innovativo, El Proletario Obeso, messo su da un ex dirigente di Commissioni operaie passato dal prosovietismo al procarrillismo e dal procarrillismo al ramo della ristorazione, Cifuentes si diede per vinto e chiuse gli occhi, gesto che Carvalho temette fosse l'inizio della fine.

"Non si addormenti, che ci licenziano Vilariño."

"Per me, che lo licenzino e che... Ho sonno."

"Rifletta. Forse è il momento di andare a casa della ragazza."

"No. Non prima delle cinque."

"Ha detto che gli elefanti si nascondono per morire e piangere."

"Il mito del ritorno alle origini..."

Di colpo recuperò la tensione e si mosse in avanti come se qualcuno gli avesse dato una pacca sulla spalla.

"Cacchio! Ci può essere una possibilità..."

E uscì di scatto seguito da Carvalho e dall'ex dirigente di Commissioni che voleva, non tanto incassare, quanto finire il racconto della storia del suo disincanto militante.

"Ricordate! Si vive solo una volta!" gridò l'ex dirigente quando, dopo essere stato pagato, li salutò sulla porta. Cifuentes ordinò al tassista di portarli al pub Santa Margarita e dovette ricordargli dove si trovava.

"Così vanno le cose. Fino a cinque o sei anni fa era un posto obbligato per l'élite madrilena, di sinistra o meno. E adesso bisogna ricordarne al tassista l'indirizzo."

"Potremo trovarci Inma?"

"Forse. Era lì che ci incontravamo tutti agli inizi dei settanta. Quando preparavamo, ogni estate, l'assalto al Palazzo d'Inverno."

"Con il tempo sono arrivato a pensare che sarebbe stato meglio preparare l'assalto al Palazzo d'Estate durante l'inverno."

"Può darsi che abbia ragione. L'inverno è fatto per i progetti seri."

Nel pub Santa Margarita erano rimaste solo quattro sedie da mettere via, e su una di esse si trovava Inma davanti a un bicchiere alto, altamente pieno. I camerieri l'avevano lasciata quasi al buio e solo uno teneva aperto il locale, occupato a rovesciare le sedie sui tavoli e collocare i bicchieri sugli scaffali. Sospirò sollevato quando vide che i due ultimi arrivati andavano da Inma.

"Il gallego. Il gallego di merda."

Fu il suo saluto. Subito dopo spiegò la sua teoria sugli elefanti. Non c'è niente di tanto osceno quanto piangere e morire e bisogna farlo al buio e in solitudine.

"Eppure in tutti i locali di Madrid sanno che stai piangendo."

"In questa città bisogna piangere molto... molto... Madrid è una città con tre milioni di cadaveri."

"Quasi quattro."

"Quasi quattro milioni di cadaveri... Non suona bene. Il quasi non mi sembra poetico."

A Cifuentes era scattata una strana e segreta molla che gli permetteva di sostenere un dialogo per ciucchi con quella massa umida e scarmigliata in cui si era trasformata Inma.

"Ho il lutto nel cuore."

"Bisogna saperlo prendere nel sedere."

Cifuentes si voltò con impazienza verso Carvalho.

"Ci provi lei. Con me ha deciso di recitare poesie."

"Quello che ha fatto secco David è lo stesso che ha ucciso Araquistain."

"Dieci. Ti do un dieci. Ti fuma il cervello, gallego."

"Durante le riprese della serie di Sánchez Bolín avevi lavorato come segretaria di produzione. Una delle attrici, be', una delle ragazze che apparivano ne *Le nozze...* tu l'avevi frequentata."

"E allora?"

"Avrei interesse a incontrarla."

"E che me ne frega?

Sbuffò dal naso e se fosse stata in piedi avrebbe scalciato come i tori prima di attaccare.

"Non mi sei simpatico, gallego. Mio padre era asturiano e diceva che tutto il male viene dall'Ovest. E voi state a Ovest."

"La stessa cosa la dicono i baschi, e per loro a ovest ci state voi, gli asturiani."

"Bugia. Araquistain era basco, e mai e poi mai gli ho sentito dire una simile cavolata."

Si era alzata con gli occhi incattiviti dall'ira.

"Questo gallego di merda ha insultato gli asturiani."

"Ma no, Inma, no... È un amico e vuole aiutarci, aiutarti. Così la polizia la smetterà di seccarti."

"Te lo dico io che me ne faccio della polizia..."

"Bene. Ma aiutaci, Inma. Pensa che Vilariño ci tiene tantissimo a che si scopra tutto quanto prima..."

"Quello lì è bello morto, morto come David e Arturo..."

Scoppiò a piangere mentre pronunciava il nome di Araquistain. Cifuentes la consolò; addirittura, quando lasciò cadere la faccia sul marmo del tavolino, la mano dell'ex sceneggiatore ed ex script e prossimo ex vicedirettore generale di qualcosa, lisciò e rilisciò i capelli abbandonati e sudaticci della donna.

"Avanti, cocchina, aiutaci. Cosa sai di quella ragazza de *Le nozze*?"

"Aveva la strizza addosso, poverina."

Lo disse senza alzare la faccia dal marmo.

"Primo, perché non sapeva come cavarsela, e poi per via di Araquistain che, non so come, era diventato una specie di avvoltoio e la braccava con tutti gli artigli."

"Come possiamo trovarla?"

"Non so."

"Dove l'avevate pescata?"

"Qualcuno ce l'aveva portata. Araquistain cercava una faccia nuova, una ragazza selvaggia, fresca... diceva, e gliela portarono insieme ad altre. Appena la vide andò in cortocircuito, in tilt, insomma."

"La portò David forse, la portò Santidrián?"

"No. Non credo."

Aveva alzato il viso con il trucco disfatto e, in mezzo alla confusione di colori, i suoi occhi traducevano il tentativo di riorientare le capacità di pensiero.

"Santidrián c'entrava in qualche modo, ma non ricordo bene come."

"Arturo riuscì a cuccarsela, Inma?"

"Cuccarsela? Stai parlando di una donna..."

"Scusa, Inma, tu mi capisci, è un eufemismo."

"Ti son venuti gli occhi dello stupratore. Voi uomini siete tutti degli stupratori."

Carvalho allontanò Cifuentes dalle ire di Inma.

"Io non sono uno stupratore. Te l'ho dimostrato la notte scorsa."

"Che cosa mi hai dimostrato?"

"Quando hai detto a Santidrián che era uno stupratore, io me ne sono andato."

"Sì. Tu te ne sei andato. Lui era uno stupratore. E tu un frocio. Voi uomini siete tutti così. O stupratori o froci."

"Araquistain pure?"

"Quello lì era basco. Con questo ho detto tutto. O tagliava tronchi o scriveva poesie."

"Che poesie?"

"Ne aveva scritta una dedicata alla ragazza. Chelo. Si chiamava Chelo Estrella. Era molto bella. Molto profonda."

"Lei, Inma, l'aveva letta."

"Ce l'ho."

"Qui?"

"Come vuole che mi porti dietro una poesia? Ce l'ho a casa. Ben conservata. Arturo la scrisse su un tovagliolino di carta la sera in cui mi raccontò tutto quello che gli era capitato con Chelo. L'aveva inseguita dappertutto senza ottenere niente. Era ossessionato da qualcosa che aveva quella ragazza, qualcosa che non si sapeva spiegare."

"Ti accompagniamo a casa, Inma."

"Voi, quel che volete è stuprarmi. Stupratori."

"No, Inma. Questo qui e io siamo dell'altra parrocchia. Siamo froci."

"Che schifo!"

Ma si lasciò portar via e nel taxi continuò a teorizzare sull'oscenità della morte e delle lacrime.

"Io ero cotta, ma proprio cotta di Araquistain. Ma lui aveva occhi solo per la macchina da presa e per le donne che recitavano nei suoi film. Eppure, tranne che nel caso di Chelo, le guardava come materiali, come effetti di luce e ombra. Nel cinema non esiste niente. È tutto un gioco di luce..."

Offrì loro qualcosa da bere quando prese possesso della sua tana, che puzzava pure peggio della notte prima, e a cui si erano aggiunti nuovi disordini a quelli già noti. Qualcosa di simile allo scoraggiamento mascherava ciò che era una profonda stanchezza in Cifuentes e Carvalho. Di tanto in tanto il detective ficcava nel monologo di Inma la domanda: fu Santidrián a portare Chelo? Chi fece entrare Chelo nel cast de *Le nozze*? La domanda rimbalzava sulla cattiva volontà di Inma. Non poteva o non voleva rispondere. Carvalho cominciò a sognare a occhi aperti: sognava un letto immenso e pieno, pienissimo di lenzuola nuove e propizie. Si alzò e sollecitò Cifuentes alla ritirata, ma Cifuentes dormiva già. Inma si allarmò di fronte all'annunciata solitudine e prese una mano di Carvalho.

"Gallego, non volevi vedere la poesia di Araquistain?"

C'era un cambiamento di tono e Carvalho si aggrappò all'ultima possibilità. Assentì e si sedette accanto a lei. Allora Inma si alzò per avvicinarsi a un mucchio di libri che in qualche momento della sua vita erano stati deposti sopra una sedia. Da uno dei libri estrasse un foglio di carta che si mise a spiegare e lisciare man mano che si avvicinava al detective. Glielo porse. Con il titolo *Elogio sentimentale dell'anatomia* scorreva una poesia piena di rammarico per la capacità di amare i corpi, miserabili o opulenti che siano, impossibile il desiderio senza l'autoinganno dell'ossessione. Comunque, non chiariva niente di nuovo e Carvalho sottrasse il foglio piegandolo e facendoselo scivolare nel taschino della giacca.

"Non volevi sapere chi portò Chelo sul set?"

"Sì."

"Non fu Santidrián. David si prese il merito, ma fu suo figlio, il Sinantropus. Chelo è la sorella di uno di quelli che suonano nel suo gruppo, il Madonno. A volte la ragazza veniva per le riprese con il Sinantropus e suo fratello, e altre con il patrigno."

Carvalho rammentò la lunga notte passata accanto a Santidrián e Inma, e selezionò il ricordo del momento in cui Santidrián si era vantato davanti al figlio di aver trovato la chiave della faccenda, del fatto che tutta la chiave si trovava nella famosa cartella.

"Dove vive il Sinantropus?"

"E che ne so!"

"Questo qui può saperlo?"

"Questo qui sa tutto."

Sapere tutto comporta qualche inconveniente, pensò Carvalho al momento di scuotere Cifuentes per farlo svegliare. Aspettò che ritrovasse la nozione del luogo e del tempo per chiedergli se sapesse dove pescare il Sinantropus. "Ma va' a cagare," disse cinque volte Cifuentes. Poi avrebbe confessato che si trattava della sua ricetta personale per riprendere i sensi quando lo svegliavano di colpo. Aveva il telefono del vecchio domicilio di Santidrián e della sua famiglia, prima che venisse separata l'intelligenza dal corpo...

"Ma non la svegli adesso..."

Troppo tardi. Carvalho svegliava alle sette di mattina l'ex signora Santidrián per domandarle dove trovare il Sinantropus Pekinensis.

"Si tratta di una scrittura urgente. Ho bisogno di un sì o un no."

Una madre è una madre, pensò Carvalho. Che siano le sette di mattina o le quattro del pomeriggio.

Senza il trucco al carboncino che cercava di dargli un aspetto draculesco, il Sinantropus avrebbe potuto passare per un ventenne fragile e spaventato in cui l'adolescenza si prolungava come una formula di perplessità critica di fronte alla vita. E con questa perplessità ricevette Carvalho, in una stanza piena di cuscini sui pavimenti e poster alle pareti. Al Sinantropus vennero le lacrime agli occhi quando Carvalho gli menzionò il padre.

"Anche da morto ha dovuto far casino, quel gran cornuto."

"Non si può dire che le vostre relazioni fossero eccellenti."

"Litigavamo per scherzo, anche se lui a volte esagerava. Era un aggressivo represso e per giunta un fallito. Avrebbe voluto essere Orson Welles e non era riuscito nemmeno a essere se stesso. Qualche anno fa, mentre facevo le superiori, ci chiesero di svolgere una ricerca sul cinema spagnolo. Uno dei materiali da maneggiare era un dizionario. Lo aprii emozionato, e la prima lettera che andai a cercare era la S, esse di Santidrián... Nulla. Non esisteva. Mio padre non esisteva. I dizionari di cinema non considerano gli aiutoregisti."

"Vi vedevate spesso?"

"Lui sapeva dove trovarmi."

"E tu a lui?"

"No. E nemmeno mi importava, anche se ogni volta che lo vedevo, in fondo mi faceva piacere."

"Dove sei andato la sera che ci siamo incontrati e poi sei sparito? La sera in cui è morto tuo padre."

"Avevamo una riunione del gruppo. Stiamo preparando un disco per le tournée estive. Ci riuniamo in un magazzino abbandonato in calle Escalinata, anche se lì non possiamo suonare perché i vicini protestano come dannati."

"E allora, perché vi siete riuniti?"

"Abbiamo cercato una musica per un testo di Dennis. Dennis Vian è il paroliere dei Giustiziati Aggressivi. Il testo era un inghippo gigantesco, perché adesso a Dennis gli gira di fare il trascendentale e, dopo il successo di *Non pisciare nel fiume*, si dà arie da poeta classico. Non c'era modo di dare un suono a quella roba. Be', a questa roba."

Gli allungò un pezzo di carta dopo averlo tirato fuori dalla tasca e lisciato.

"Si intitola *Tu*."

E cominciò a leggere senza chiederne il permesso:

Tu, sciocchina e infantile bambina,
ti preoccupi troppo per me.
Tu, sciocchina e infantile bambina,
troverai nei tuoi seni un problema cerebrale.

Pensavi che perdendo la verginità avevi risolto tutto,
ti vestisti di nero giaietto,
ti dipingesti le labbra di rosso celeste,
e Bibbia in mano cominciasti a dare lezioni di maturità.

Tu, sciocchina e infantile bambina...

"È il ritornello. Vuole che le rilegga il ritornello?"
"Non ho mai sopportato i ritornelli."

Imparasti dieci parole da un libro e ti credesti Orazio,
giravi come una *poupée* per il boulevard,
mettesti calze rivoltose,
e con quattro grammi di sfacciataggine lasciasti
col culo per terra le altre comparse.

Tu, sciocchina e infantile bambina ecc.

Ti dispiacque non essere di buona famiglia e non lo sopportasti,
cambiasti la tua parte per necessità,
sputasti in un cocktail costoso,
e decidesti di benedire le messe da sottocultura da fumetto domenicale.

Tu, sciocchina e infantile bambina ecc.

Riprendi una buona volta il fiato
e dimentica il dizionario
per capire Baudelaire.
Riprendi una buona volta il fiato.
Non badare tanto a me
che non sono perfetto né lo pretendo!
E prima di morire prendi il diploma di maturità.

"Alla ragazza è piaciuta la canzone?"
"A quale ragazza?"
"A quella cui è dedicata."
"E che ne so. Dennis è uno particolare. Vive la sua vita e a un tratto ci chiama: 'Ho la roba', dice, e questo significa che ha sputato qualche nuova canzone. Arriva, ce la legge, gli diciamo quello che gli dobbiamo dire e se ne va finché non gliel'abbiamo musicata. *Non pisciare nel fiume* fu uno sballo, piacque più di un culo spalmato di marmellata. A mio padre la canzone ruppe le palle, disse che era un sacrilegio ai danni di un'altra canzone cantata da non so chi non so quando."
"*Non guardarti nel fiume*, di Conchita Piquer."

"Appunto. La canzone di Vian aveva un inizio geniale:

A Siviglia c'è una casa
e nella casa una finestra
e alla finestra una ragazza
con le tettine di guardia.

E il ritornello era troppo, la fine del mondo:

Ahi, ahi, ahi, ahi,
non pisciare nel fiume.
Ahi, ahi, ahi, ahi,
che mi fai patire
perché poi io mi ci bagno dentro."

"Quando quella sera sei arrivato alla riunione del gruppo, hai parlato dell'omicidio di Araquistain, dell'incontro con tuo padre?"

"Ecco, sì, più o meno. Ho raccontato dell'incontro con Txiki Benegas. Ho spiegato che il vecchio si stava rammollendo e che cercava di mangiar fieno nelle stalle del governo. Chi non cerca di mangiar fieno nelle stalle del governo? Pure noi stiamo dietro alle sovvenzioni come matti, e bisogna andare in comune, o alla regione o al ministero a esigerle, altrimenti addio alla pagnotta."

"Cos'altro hai raccontato?"

"Che il vecchio rompeva le scatole con un copione sull'omicidio di Araquistain e che voleva piazzarlo a un piedipiatti privato, un Toni Romano gallego venuto da Barcellona."

"Chi è Toni Romano?"

"Ma lei non legge? E poi dicono che a non leggere siamo noi, i giovani del rock. Toni Romano è il personaggio di alcuni romanzi di Juan Madrid. Non sa manco chi è Juan Madrid?"

"Il fondatore di Madrid?"

"Ma, vediamo un po', mi sta prendendo per i fondelli?"

"Quanto è durata la riunione del gruppo?"

"Per alcuni più, e per altri meno."

"Chi se n'è andato per primo?"

"Il Madonno, uno che si è bevuto il cervello per Madonna e così lo chiamiamo il Madonno."

"Cioè, il fratello di Chelo Estrella."

"Sì. E con questo?"

"Chelo Estrella aveva recitato in un film della serie di Araquistain."

"Sì. Che cazzata. Roba davvero forte. La faccia della ragazza non la si vedeva quasi. Passava tutto il film a mostrare le tette. L'abbiamo visto insieme tutti noi del gruppo e alla fine ci siamo messi a gridare 'Ancora una, ancora una!' perché di sicuro mancava ancora qualche sequenza dove Chelo avrebbe mostrato di nuovo il davanzale."

"Il fratello si era incavolato?"

"Incavolarsi il Madonno? Perché mai? Per niente, lui se la spassava, a sentirsi bruciare era Il Più Potente."

"E questo qui, chi è?"

"Il patrigno di Chelo e del Madonno. Un tipo bestiale ma molto affidabile, disoccupato, che ci sorveglia il materiale e ci fa da gorilla quando le fan ci vogliono mettere le mani tra le gambe. Gira sempre incollato al Madonno perché, dato che l'inculano sempre ed è così mingherlino, è in ansia per lui."

"Ossia, il Madonno è stato il primo ad andarsene."

"Il Madonno e Il Più Potente se ne sono andati insieme."

"Dove posso trovare il Madonno?"

"A quest'ora starà dormendo nel baraccone. Si è comprato un appartamento, ma lo stanno finendo ancora di sistemare. Intanto vive nel baraccone provvisorio dei suoi genitori."

"Un baraccone provvisorio?"

"Vivevano in un casermone di San Cristóbal de los Angeles, una di quelle case popolari che cominciarono a crollare, e mentre le rifacevano sistemarono un baraccone in un parco proprio davanti. Il Madonno lo chiamava 'la villetta', e Il Più Potente era contentissimo perché gli sembrava di vivere in campagna e teneva persino qualche gallina e qualche pianta di pomodoro."

Carvalho si era alzato a fatica, risucchiato dalla cattiva volontà di cuscini ghiottoni. Invece il Sinantropus si era messo in piedi come per lo scatto di una molla.

"Che succede con il Madonno?"

"Voglio parlare con lui."

"Dannazione. Ho spifferato quello che non dovevo spifferare. Vengo con lei. Mi sistemo in un attimo."

Si sistemò in un attimo e Carvalho incassò la metamorfosi senza quasi battere ciglio. Aveva di nuovo davanti a sé il conte Dracula al carboncino.

"È indispensabile?"

"Mi gioco la hit parade, amico. Bisogna essere fedeli alla propria immagine."

L'autista della Televisione aprì la porta dell'auto a Carvalho e guardò di sottecchi il Sinantropus mentre masticava un "ma che cazzo..." che raggiunse le orecchie del Sinantropus. Il cantante aspettò di essere all'interno del veicolo per fornire spiegazioni.

"Lei gira mascherato d'autista e io da spauracchio. Ognuno si guadagna da vivere come può."

L'autista assentì ma mormorò qualcosa di simile a "la prossima volta, io mi vesto da licantropo". La Madrid mitica di Lavapiés si trasformava in un fiume di auto in cerca della strada per l'Andalusia lungo un burrone di quartieri di cemento a basso costo e vetri bisunti. Il Sinantropus non la smetteva di speculare sulle buone o cattive intenzioni di Carvalho. Per lui, il Madonno era uno giusto, incapace di uccidere una mosca e sempre pronto a farti un favore.

"Quello lì è una mezzasega. Non vale la pena di andare a curiosare. Non caverà un ragno dal buco."

A destra, il casermone in ricostruzione prometteva di non essere molto meglio del suo modello crollato, e a sinistra i baracconi degli inquilini crescevano tra gli alberi protetti dal sussidio di lunga malattia che permetteva loro una disastrosa agonia, in piena parodia della tesi dell'uomo libero nella natura libera. Il Sinantropus fece strada reggendo con una mano l'ampio mantello da vampiro transilvano. I pochi abitanti visibili della zona accettavano l'uccello con svogliatezza o con familiarità. Si fermarono davanti a una porta dove un donnone tarchiato annaffiava dei vasi di gerani.

"Buongiorno, signora Pruden, c'è il Madonno?"

"Io non conosco nessun Madonno. Io ho partorito un certo José. Pepe, al massimo."

"C'è Pepe?"

"C'è."

Il Sinantropus attraversò la soglia e Carvalho lo seguì per scoprire un ingresso-sala-da-pranzo-cucina sul quale si aprivano piccole stanze e da una finestra un minuscolo pollaio sul retro dove becchettavano alcune galline. Il Madonno aveva il sonno profondo, e quando lo superò aprì la porta della sua tana ai due visitatori. La stanza puzzava di ascelle e di acqua di colonia, e lo stesso Madonno se ne accorse perché spalancò la finestra e aspirò l'aria fresca con una serie di strumenti respiratori piccoli: il naso, la bocca, la testa, i polmoni. Aveva una testolina tanto scarsa quanto stretto il torace, anche se sopra il cranio cresceva un pennacchio di capelli lilla affiancati da architravi capillari color arancione. Portava un gilet di velluto di diversi colori e pantaloni di camoscio. O era il pigiama o dormiva vestito.

"Questo è il piedipiatti di cui ti avevo parlato."

"Sei caduto molto in basso. Portarmi la madama a casa..."

"Sono un detective privato."

"Un madamo privato. Un rompicazzo fallito, è la stessa cosa."

Era schifo quel che c'era sul piccolo muso del Madonno. Infatti, Carvalho non immaginava che quel progetto di grissino fosse in grado di aggredire nessuno.

"Esci dalla stanza," ordinò Carvalho al Sinantropus. Lo

aveva detto con un tono di voce inappellabile per un ragazzo mascherato da conte Dracula.

"Se hai bisogno di me, chiamami, Madonno."

"Chi se ne deve andare è questo rompicazzo di merda."

Ma il rompicazzo di merda aveva chiuso la porta dietro il Sinantropus e affrontava il Madonno avanzando verso di lui come un rullo compressore paziente.

"Ma tu cos'hai contro di me? Attento, se grido ti piombano addosso tutti gli avvoltoi del villaggio."

"Tu non griderai perché anche la polizia arriverebbe in un batter d'occhio."

La seconda chitarra elettrica dei Giustiziati Aggressivi inghiottì saliva e si portò istintivamente il braccio alla faccia quando Carvalho gli si fermò a un metro di distanza.

"Io non ho fatto nulla."

"Questo è evidente. Dov'è Chelo?"

"Non lo so. Se l'è filata. Di tanto in tanto le gira storto e se la fila."

"E il tuo patrigno?"

"Pure. Pure lui se l'è filata."

"Nemmeno a lui gira bene."

"Sarà."

"Senti, Madonno, a me la polizia non piace come a te e non intendo andare a spiegare questa storia ai rompicazzo, come li chiami tu. Ma devo prendere i soldi per il mio lavoro, e questo è sacro. Dove si trovano Chelo e Il Più Potente?"

"Non lo so."

"Ma sai perché se ne sono andati."

"Chelo, no."

E si morse le labbra appena finì di dirlo. Carvalho cercò una sedia nel metro quadrato occupato dalla stanza. Non la trovò. Allora si sedette su un angolo del letto, cercò in un portasigari tascabile un Cerdán Gable e lo accese davanti al paralizzato Madonno, che seguiva ognuno dei suoi movimenti cercando una relazione di causa-effetto tra loro. Carvalho sembrò dedicarsi solo e profondamente all'operazione di fumare il sigaro e di cercare di vedere oltre la finestra un problematico orizzonte. Il Madonno voleva parlare, ma riusciva solo a sbattere le palpebre.

Troppo silenzio. Carvalho cominciò a parlare con la voce un po' più bassa. Raccontava a Madonno la storia che questi non era in grado di spiegare. Araquistain cercava una faccia nuova, una presenza nuova per *Le nozze*, secondo il soggetto originale di Sánchez Bolín. Aveva bisogno di una ragazza fresca e dura, che rappresentasse il sottomondo della Madrid marginale. Fu allora che Santidrián, interessato a ogni tipo di scambio di favori per un posto di aiutoregista, gli parlò di Chelo, la sorella di un collega del figlio nei Giustiziati Aggressivi. Araquistain vide Chelo e ne restò abbagliato. Si stabilì uno dei suoi innamoramenti visivi, uno dei suoi esercizi di cannibalismo ottico, accentuato la prima volta che pretese da lei di spogliarsi e gli apparve un corpo che rappresentava un profondo, nascosto richiamo dei suoi sogni proibiti. Tanto gli piacque quel corpo che cambiò da cima a fondo il copione di Sánchez Bolín per poter giustificare e girare una e più volte quel nudo. Ma né durante le riprese, né dopo, la toccò mai.

"O sì?"

"No. Manco con un dito."

Il Madonno precipitò il chiarimento con voce soffocata. Forse Araquistain tagliò più tronchi che mai durante le riprese di quel capitolo e l'impatto della ragazza gli lasciò qualche ferita nell'inconscio.

"Arrivò a dirle qualcosa?"

"No. Manco be'. Ma se la mangiava con gli occhi."

Carvalho pensava e parlava, senza sapere molto bene se era il pensiero a creare le parole o al contrario. Se Araquistain non aveva offeso Chelo durante le riprese, l'offesa si era presentata in seguito, quando la serie era stata trasmessa e la stessa Chelo aveva verificato come fosse stata ridotta la sua parte dopo il montaggio. Nient'altro che un corpo che si vestiva e si svestiva, in continuazione, come se si trattasse di una moviola piuttosto che dell'azione di un film.

"Nel villaggio si sbellicarono dalle risate."

A un tratto Carvalho inserì una frase nella conversazione dettatagli da un sesto senso sviluppato in anni e anni dediti a fotografare le intuizioni nella camera oscura del suo cervello. E l'intuizione gli aveva offerto l'istantanea del Più Potente, una, due, tre volte.

"Come la prese Il Più Potente?"

"Malissimo."

Il Madonno si era liberato di qualcosa che si teneva dentro nel profondo e gli aveva impedito di respirare da quando Carvalho era entrato nella stanza.

"Cosa fece?"

"È uno a posto, ma un po' rintronato. Faceva il pugile ed è rimasto un po' suonato. Ha chiesto spiegazioni ad Araquistain perché aveva approfittato della sua bambina, diceva lui. E l'altro l'ha mandato affanculo."

"E lo ha fatto fuori."

"Questo lo dice lei."

"Poi il Sinantropus vi ha detto che suo padre aveva scritto qualcosa a proposito della faccenda, e che in quello scritto c'era la chiave dell'assassinio, e siete andati a fargliela pagare. Questa volta Il Più Potente e tu."

A Carvalho piacque che il Madonno non diventasse isterico ma cinico.

"Vediamo un po'. Conosciamo tutti il vecchio del Sinantropus e sappiamo che è un buono a nulla, uno smargiasso di merda, un contapalle. Chi avrebbe creduto sul serio che avesse scritto qualcosa sulla morte del basco?"

"Chi l'avrebbe creduto sul serio?"

"Sì, piedipiatti, rompicazzo, chi l'avrebbe creduto sul serio?"

L'improvviso ringalluzzimento del Madonno crollò mentre Carvalho mormorava quasi spensierato: "Il Più Potente".

Madonno era definitivamente a terra. E quindi andò alla finestra, appoggiò i gomiti sul davanzale e scoppiò a piangere.

"È un buzzurro con un cuore enorme. Quando vide quella roba in televisione gli parve che gli avessero trattato Chelo come una puttana. Da quando si è messo con mia madre è molto legato a Chelo, e Chelo a lui."

"Lo hai accompagnato a cercare Santidrián?"

"No. È scappato via senza che me ne accorgessi e ho pensato che se ne fosse andato ad alzare il gomito o in cerca di una fica. Quando va in calore diventa cieco. E ora, da quando Chelo è andata via di casa, è sempre cieco, cieco dalla voglia. Chelo e lui si facevano delle bellissime scopate."

"E tua madre lo sapeva?"

"La vecchia sa tutto e non sa niente. A lei basta che non le taglino l'acqua per annaffiare i gerani, e se ne sbatte di tutto."

"Dov'è Il Più Potente?"

"Non lo so."

Non si era voltato verso Carvalho ma il tono di voce era cambiato. Aveva raggiunto il limite del suo codice morale e si sarebbe lasciato ammazzare piuttosto che rivelare dove fosse il patrigno. Carvalho uscì dalla stamberga e trascinò nella sua marcia il Sinantropus, che esitava tra correre accanto all'amico e seguire i movimenti di Carvalho. Uscirono nel parco riciclato in accampamento di sfollati e passarono accanto a Pruden, occupata a strappare le foglie secche dei gerani che crescevano nei recipienti più disparati: scatole di conserva, pentole, una bacinella scrostata e qualche vaso.

"Cos'ha fatto al Madonno?"

"Vai a vederlo e lo saprai."

"Il Madonno è uno giusto..."

"...incapace di uccidere una mosca. Lo so già."

Carvalho entrò nell'auto. Aspettò che il Sinantropus si decidesse; il ragazzo fece dietrofront tornandosene al baraccone. Carvalho ordinò all'autista di portarlo a Madrid.

"A calle Escalinata. Mi lasci a Ópera."

"Il conte Dracula non viene?"

"Non a quest'ora."

"I vampiri di giorno dormono."

L'autista rise della propria battuta e rimase in prudente silenzio per il resto del tragitto. Carvalho si addormentò con una profondità da annegato e l'autista faticò a toglierlo dall'abisso di quel lago amabile e gelatinoso.

"Siamo arrivati. Non c'era modo di svegliarla."

Quando Carvalho si sollevò, vide dal finestrino il trambusto disgregato di plaza de la Ópera e alla sua sinistra la discesa verso calle Escalinata.

"Non mi aspetti."

Carvalho scese i gradini con le gambe molli e gli occhi stanchi. Respirò profondamente ed entrò in un bar per prendersi un caffè doppio.

Il padrone inseguiva mosche con uno straccio e gli fece sapere che i ragazzi del gruppo rock provavano quattro case più in basso, in quello che era stato un magazzino di bottiglie.

"Ma vengono di pomeriggio o verso sera."

Carvalho cercò il magazzino e si trovò davanti a un portone marrone chiuso a doppia mandata. Premette un campanello inserito nella cornice a destra; aspettò una risposta. Non arrivava e ripeté la chiamata. Due. Tre volte. Incollò l'orecchio al portone e credette di udire all'altro lato un respiro affannato.

"Vengo da parte del Madonno."

Seguirono il respiro e il mutismo.

"Abbiamo trovato Chelo. Sono amico del Sinantropus."

Fu questione di secondi. Venne tolto il chiavistello e nel portone si aprì un rettangolo vuoto. Carvalho entrò nell'oscurità ammuffita del magazzino e a sinistra intuì una presenza umana ferma e tesa. La affrontò cercando di adattare gli occhi alle tenebre quasi totali del recinto.

"Vengo da San Cristóbal. Ho parlato con il Madonno."

Un respiro sibilante precedette la domanda: "Dov'è Chelo?".

"Possiamo accendere la luce?"

"Non ci serve."

"Io senza luce non riesco a parlare," borbottò alla mole oscura che si scurì ancor più mentre si addentrava nel locale. D'un tratto spuntò la luce da un faretto sul soffitto che formava appena un cono luminoso. Il fagotto si era materializzato un po' meglio. Era un uomo dalla potente apparenza, con le braccia abbassate e la faccia ancora difficile da indovinare. Carvalho gli si avvicinò e l'altro retrocedette lo stesso numero di passi che Carvalho aveva fatto in avanti.

"Dov'è Chelo?"

"Si è nascosta."

"Perché si è nascosta?"

"Ha paura."

"Di cosa ha paura la mia bambina?"

"Della polizia, che la incastri per Araquistain."

"Lei se n'era andata prima."

"Prima di cosa?"

"Prima che ammazzassero quel cornuto."

"Ma ha paura."

Carvalho aveva familiarizzato non con quanto vedeva, bensì con le forme che intuiva all'interno del locale. Si disinteressò del Più Potente e cominciò a localizzare gli impianti per la riproduzione del suono, alcune sedie, un tavolo e in un angolo una branda rifatta a metà o disfatta a metà.

"Lei dorme qui?"

"Faccio la guardia al locale."

"Vive sempre qui? Non va mai a San Cristóbal?"

"A volte."

Sentiva alle sue spalle i passi dell'uomo che seguivano i suoi. Si voltò di colpo per chiedergli: "Dov'è la cartella?".

"Quale cartella?"

"Quella di Santidrián. Quella del padre del Sinantropus."

L'altro avanzò, superò la posizione di Carvalho e andò

verso la branda. Mise le mani sotto il materasso e le tirò fuori impegnate dalla cartella di Santidrián.

"Me la sono trovata."

"Meno male che lei l'ha trovata. L'ha letta?"

"A metà. Lei sa leggere?"

"Me la cavo abbastanza bene."

L'uomo giocava con gli elastici della cartella, come se la fustigasse.

"C'è che se leggo troppo, mi gira la testa."

Carvalho gli porse le mani.

"Vuole che gliela legga?"

Le mani dell'uomo strinsero la cartella. Esitava tra la sua diffidenza e i suoi desideri.

"Racconta solo bugie."

"Ne sono sicuro. A scriverla è stato uno che di verità non ne diceva manco mezza."

"Manco mezza."

Avevano raggiunto un punto d'accordo.

"Ma varrebbe la pena di leggerla."

"È tutta una bugia."

"Sicuro. Non ci baderemo affatto."

"Affatto."

Gli offrì la cartella facendo qualche passo avanti. Venne colpito in pieno dal fascio di luce e davanti a Carvalho apparve una faccia in cui tutto era grande e cadente: gli occhi, gli zigomi, le guance, il mento. Solo il naso sembrava al suo posto, trattenuto da tutti i pugni di questo mondo, un uccello schiacciato con tutti gli ossicini rotti e i buchi pateticamente aperti per poter respirare. Carvalho prese la cartella, cercò una sedia e venne costituito il comitato di lettura.

Santidrián non sapeva nulla. Il copione sviluppava la tesi che Araquistain fosse stato assassinato da un aspirante regista che somigliava troppo allo stesso autore della sceneggiatura, esteticamente nobilitato da un omaggio indiretto al mostro del *Fantasma dell'Opera*. La storia era carica dell'autocompassione di Santidrián e il lettore arrivava alla conclusione che Araquistain si meritava di morire. Quasi sequenza dopo sequenza e a volte frase dopo frase, Carvalho dovette tradurre quanto leggeva nella lingua che Il Più Potente era in grado di capire. A lettura finita, i lineamenti dell'ex pugile si contrassero e nei suoi occhi apparve un'innocente e totale delusione.

"Tutto qui?"

"Tutto qui."

"Non parla di me. Né di Chelo."

"No."

"Che sfiga."

Il Più Potente aveva chiuso un pugno e l'usava per battersi il palmo dell'altra mano.

"Mi spiace molto. A volte uno deve fare cose che non... C'è che il ragazzo aveva detto che il padre sapeva tutto e io ero andato a prendergli la cartella, ma non me la voleva dare e gli ho mollato un brutto colpo sulla nuca, come all'altro. Quando ero bambino, mia madre mi chiamava per ucciderle i conigli. Un colpo lì ed è fatta."

Allungava la mano verso la nuca di Carvalho, una mano piena di callosità e cicatrici, da animale antidiluviano.

"Non mi ha detto dov'è la mia Chelo. Le ho comprato una borsa per farle passare il dispiacere."

Si alzò, andò di nuovo verso la branda e ancora una volta da sotto il materasso estrasse un pacco. Lo scartò e apparve una borsa di dubbia categoria, ma vistosa.

"Una volta siamo passati davanti alla vetrina del negozio e a Chelo era piaciuta un sacco."

Carvalho commentò che era molto bella e cominciò a retrocedere verso la porta.

"Dov'è Chelo? Devo darle la borsa."

"Quello che non capisco è il perché di quelle viole. Perché gli ha messo il mazzetto di viole?"

"Le avevo comprate."

"Bene. Perché gliele ha messe nella patta?"

"A Chelo piaceva molto la canzone. Quando faceva i piatti e puliva la casa, la cantava sempre... Da quando era piccolina... Sua madre e io eravamo lì con la bava alla bocca quando cantava la storia del mazzetto di viole. Io le compravo dei mazzetti e glieli davo di nascosto dalla madre. 'Tieni. Tieni. Prendilo in fretta.' E lei lo prendeva non so come dire, con una grazia! Di colpo aveva tutto il mazzetto in mano ed era come se fosse stato sempre lì... Io non ricordavo nemmeno di averglielo dato. Dov'è Chelo? Si era sentita morire di vergogna vedendosi in televisione e io ho passato tre giorni a piangere nel gabinetto... Poi è passato un po' di tempo, ma lei non era più la stessa. Non veniva più con me sui monti a cercare le lumache e del timo per purgarle, né mi accompagnava la domenica pomeriggio al cinema... e così un giorno mi sono alzato e sono andato in camera sua come sempre, per vederla svegliarsi... perché era molto bella quando si svegliava. Stringeva i pugnetti e strizzava gli occhi e diceva sempre la stessa cosa: 'Che ora è?'... Diceva sempre lo stesso quando si svegliava: 'Che ora è?'. Ma quel giorno lei non c'era e l'ho cercata in tutto il villaggio. E in tutta Madrid. E ho mollato due sganascioni alla madre perché non mi voleva dire dov'era... Se n'era andata. A nascondersi. Quello schifoso l'aveva scombussolata. Lei mi ha detto che sa dov'è. Dov'è la mia Chelo? Devo darle la borsa."

Carvalho non poté portare a termine la ritirata cui aveva dato inizio. La porta sulla strada si era aperta e da essa erano entrati il Madonno e il Sinantropus, eccitati e urlanti.

"Me l'ero immaginato che questo gran figlio di puttana era venuto qui."

Questa fu la linea di argomentazione del Madonno.

"È un avvoltoio in cerca di carogne."

Questo fu il discorso del Sinantropus. Carvalho temette che attaccandoli avrebbe svegliato la bestia addormentata nel Più Potente e cercò di calmarli.

"Grazie per le vostre informazioni, ragazzi. Abbiamo

avuto una conversazione molto interessante e gli ho fatto un po' di compagnia."

"Il tuo amico è un tipo a posto, Sinantropus," sentenziò Il Più Potente davanti a un Sinantropus stupefatto. Poi indicò la cartella abbandonata sulla sedia.

"Non parla di Chelo, né di me."

Fu vedendo la cartella che il Sinantropus riuscì a capire quel che era successo, quel che stava succedendo, quel che poteva succedere, e il pallore di Dracula ascese alla categoria di pallore mortale.

"Merda! Merda!... Cos'hai fatto, disgraziato?"

Dovevano chiarirsi molte cose, per cui Carvalho approfittò della confusione per andarsene, frustrando una volta ancora e per sempre la domanda che saliva alle labbra del Più Potente mentre lui attraversava la soglia della porta: "Dov'è Chelo?".

Prese un taxi e passò buona parte della corsa verso l'hotel tentando di superare l'amaro in bocca lasciatogli dalla scena. Poi lottò contro il sonno e, quando il taxi puntò il muso verso la porta del Palace, dove lo aspettava il letto più accogliente di Madrid, le sue orecchie prestarono attenzione a quanto diceva lo speaker alla radio, in concreto Luis del Olmo su "Protagonistas". Vilariño era stato appena licenziato. La notizia era già stata confermata dal portavoce del governo.

Il tassista accolse di buon grado il contrordine di Carvalho.

"A Prado del Rey. A tutta birra. Non si sorprenda se russo. Non dormo da tre giorni."

"Pessimo per il corpo."

Ma non si addormentò. Si adagiò sul sedile convocando inutilmente il sonno. Al posto suo si presentò il film che aveva vissuto dalla proiezione de *Le nozze* e come unico suono dell'intera sequenza la domanda angosciata e balbettante del Più Potente. Dove poteva essere Chelo? Ricordò la poesia di Araquistain consegnatagli da Inma. L'aveva ancora nel taschino della giacca. La prese, la dispiegò. *Riflessione morale sull'anatomia*, s'intitolava.

Ci sono donne che fanno male
nel petto di colui che muore contemplando
la contenzione esatta della loro carne
il refrigerio molle dei loro capelli puliti
e il pretesto cadente delle loro vesti
altre hanno gli occhi tristi ma belli
o un bel dorso per una goffa fronte
o due gambe senza stanchezza muscolare
colonne di sicuro cielo
altre solo hanno due seni sul punto di aprirsi
per il loro peso di frutta per labbra inaridite
per mani
senz'altro mondo da portarsi all'anima
e in occasioni solo un seno è bello
solo una spalla
solo una piega nella pelle
solo le labbra
ma sempre c'è un uomo innamorato di tanto
o tanto poco innamorato fugace o conseguente ama
le piccole patrie di una notte
senza chiarini davanti a delle palpebre chiuse mormorii
fallite sintassi
rispettate le piante
e i corpi dove il desiderio si riposa
dell'infinita paura di tutti gli oblii.

Se avesse saputo scrivere, Il Più Potente avrebbe partorito una poesia simile in omaggio a Chelo, alla sua bambina, a cui aveva visto crescere le tettine, tettine che lui aveva annaffiato fino a vederle maturare, e tutto perché un figlio di puttana le trasformasse in proteina televisiva. Quando arrivò a Prado del Rey constatò che la notizia del licenziamento di Vilariño non aveva alterato lo scetticismo degli addetti alla reception, non gli parve nemmeno di avvertirne un leggero aumento quando annunciò che lo scopo della sua visita era Vilariño in persona. Neanche le inclinazioni dell'Ente sembravano essere cambiate, perché alla reception il gruppo rock Quella Schifosa di Tua Madre era stato sostituito quel giorno con un altro equivalente chiamato Ti Distruggerò, Signor Nessuno.

L'edificio era lo stesso. Continuava ad avere lo stesso aspetto da azienda sanitaria locale. Anche in ascensore qualcuno si lamentò dello stesso Martínez della volta prima. Forse valeva la pena di conoscere quel tale Martínez. Era invece cambiato il movimento intorno all'ufficio di Vilariño. Meno gente e meno diffidenza verso il visitatore, come se ormai interessasse ben poco chi veniva a visitare il capo caduto. Quando riuscì a entrare nell'ufficio, Vilariño se ne stava davanti a un finestrone con un braccio dietro la schiena e l'altro occupato a tormentarsi i peli della barba.

"*Sic transit gloria mundi.*"

Fu la prima cosa che gli disse Vilariño prima di respirare scoraggiato... Perfetta la modulazione del latino ed eccellente il sospiro, per cui Carvalho dedusse che non era il primo emesso quella mattina.

"Roma non paga i suoi fedeli!" esclamò Carvalho per esprimere un certo grado di solidarietà.

"Non ho mandato le mie navi a lottare contro questi elementi."

Vilariño sembrava voler trasformare l'incontro in un duello di frasi storiche. Carvalho scavò nella propria memoria culturale e non gli venne in mente che: "Verrà l'estate".

"*Un jour reviendra le temps des cerises.*"

Bisognava arrendersi di fronte alla varietà di registri di Vilariño e Carvalho optò per il silenzio in attesa degli orientamenti verbali del caduto.

"Che tempi questi, caro Carvalho, in cui la lealtà viene pagata con il no, il nulla e il nessuno, poiché quando è tanta, tanto smisurata, la lealtà può sembrare slealtà. Ho sacrificato parte delle cose in cui credevo e dei miei obiettivi storici per rafforzare la democrazia e rendere possibile un progetto socialista che inevitabilmente richiedeva il consolidamento della democrazia. Come vengo ripagato? Gettato ai leoni della destra perché mi sbranino e così facendo distruggono uno dei pochi segni repubblicani profondi rimasti al socialismo spagnolo. Repubblica equivale a razionalità e mi licenziano perché sono razionale, perché applico la morale razionale, perché sono essenzialmente repubblicano pur avendo servito con lealtà questa monarchia, questa repubblica coronata consacrata dalla costituzione del 1978."

Tutto di un fiato e senza consultare nemmeno un appunto, osservò Carvalho. Ma non lo disse, perché Vilariño proseguiva con la sua epistola morale.

"Verranno tempi in cui sarà ragion di gloria non stonare con la mediocre speranza di coloro che poco sperano. E io spero tutto e perciò tutto ho dato, tutto ho offerto sull'altare di una patria democratica. Volete bruciare me? Bruciatemi! Sarò io a dar fuoco alle mie stesse vesti se riuscirete a convincermi che questo rogo purificherà la rarefatta aria della società civile... Ma no. È un tributo, un pericoloso tributo che la sovranità socialista paga agli sciacalli della destra. Grazie di essere venuto ad accomiatarti, Pepe. Gli amici si riconoscono in queste occasioni."

Si gettò su Carvalho e gli propinò un abbraccio virile, vale a dire energico e breve, ma totale, con molto peso. A Carvalho sorprese che l'abbraccio sembrasse porre fine all'incontro, chiudere un'udienza che a suo parere non era ancora iniziata. Vilariño era tornato davanti al finestrone, con un braccio dietro la schiena mentre con l'altra mano si mungeva la corta barba da condottiero tra due guerre. Sembrava aspettare il visitatore seguente e con lui l'opportunità di ripetere "*Sic transit gloria mundi*". Carvalho e Vilariño rimasero per qualche istante senza dirsi niente, finché il direttore generale si voltò e inarcò un sopracciglio in evidente messaggio di sorpresa.

"C'è qualcos'altro?"

"Qualcosa. A proposito dell'assassinio di Araquistain."

Con un soave colpetto di una mano sulla fronte, Vilariño sembrò voler allontanare la nuvola di offuscamento che gli aveva impedito di indovinare la ragione dell'incontro con Carvalho.

"Diamine. È vero. Si è fatta un po' di luce sulla faccenda?"

"Del tutto. So già chi è l'assassino."

Vilariño scrutava Carvalho e a un tratto cancellò con la mano qualcosa nell'aria.

"No. Non voglio saperlo. Ti ho affidato l'indagine perché saperlo era una mia responsabilità. Adesso non voglio avere sulla coscienza una rivelazione tanto terribile. Dillo al mio successore."

"Posso spiegare tutto in due minuti."

"Scrivi un rapporto, dallo a Cifuentes e insisti perché sia inserito tra le carte della consegna di poteri. Nulla di ciò che è umano mi è estraneo, ma forse il delitto è qualcosa di umano? Forse sì. Umano. Più che umano."

Chiudeva di nuovo l'udienza, tornando alla posizione di direttore uscente in meditazione sulla fugacità delle glorie di questo mondo. Questa volta nella voce di Carvalho c'erano impertinenza e allarme in quantità uguali.

"Rimane il piccolo dettaglio degli onorari."

"Giustissimo. Anche se dovrai affrettarti, perché le faccende di denaro vanno piano in questa casa e se la pratica passa al mio successore è possibile ritenga il mio incarico come un lusso dello spirito o qualcosa di simile. Viene con un'ascia in mano. Viene ad abbattere il vecchio castagno Vilariño, fiducioso nel silenzio della forgia. Hai letto *Il bosco animato* di Wenceslao Fernández Flórez? Corri. Trova Cifuentes e metti in salvo le tue pesetas. In questa casa vale più un uovo oggi che una gallina domani."

Era riuscito a contagiargli la sensazione di urgenza, per cui balbettò una specie di congedo e si precipitò nell'anticamera a reclamare la presenza di Cifuentes. Tardò un'ora a trovarlo, impegnato a negoziare lungo i corridoi la sua prossima destinazione, visto che i nuovi comandi politici sarebbero arrivati con la pretesa di risbatterlo nella sua condizione di ex script, ex copionista, ex regista, ex aiutoregista, ex quelchefosse.

"C'è un ottimo buco come aiuto in un programma di animali. È un lavoro un po' impegnativo perché devi passare molte notti tra le intemperie e più di uno è rimasto marchiato da qualche bestia. Ma ci sono parcelle speciali e premi per i lunghi spostamenti. Perché in questa casa, se ti rassegni allo stipendio nudo e crudo, finisci a comprare le sigarette a rate."

Capì l'urgenza di Carvalho per avere i suoi soldi e gli fece tutti i certificati opportuni.

"E adesso, come lo giustifico questo? Consulenza speciale... per esempio. O servizi speciali..."

"Forse per affinità repubblicane."

"Non getti benzina sul fuoco."

"Vilariño mi ha suggerito un rapporto scritto."

"Forse, ma non si ammazzi. Se riesce a incassare non si ammazzi. Qui ti ammazzi e non ti dicono manco grazie."

"Non le interessa sapere chi ha ucciso Araquistain?"

"A me, a dire il vero, non ha mai interessato. Era stato Vilariño a intestardirsi. A cosa serve la polizia? Lui temeva una congiura per affondarlo e vendere l'idea della televisione privata, come se fosse necessaria una congiura. Quest'uomo a volte è fin troppo ingenuo."

Il cassiere inizialmente non si prese nemmeno il disturbo di leggere i giustificativi.

"Torni il giorno 20 e ci dia il suo numero di conto corrente per il versamento."

"Mi piace prendere i soldi di persona e non posso tornare il giorno 20."

Non bastò che Cifuentes scendesse agli inferi burocratici per appoggiare il tentativo di Carvalho. Fu necessario che Vilariño si staccasse per qualche minuto dal suo finestrone e scomponesse la sua posa da stoico per comunicare al telefono un tassativo ordine di pagamento. Alle due del pomeriggio l'assegno accelerava i battiti del cuore di Carvalho quando si fece accompagnare da un autista ufficiale fino al villino di Sánchez Bolín. Questa volta lo scrittore lo introdusse direttamente nella cucina, ma dallo sfoggio di materie prime e marchingegni risultava evidente che non era occupato con un *oreiller de la belle Aurore*.

"Ritengo di averlo imparato. Sono stato promosso nella materia e ho deciso di posporre il pasticcio dello Yorkshire fino all'autunno. Adesso sono tentato da qualcosa di leggero. Filetti di triglia al midollo di bue e *coffret de cerises Lamartine*, sono due ricette del grande Troigrois. Si è parlato meno di Troigros che di Bocuse o Gheroard, ma è grande, grande. È meraviglioso spinare i filetti di triglia con le pinze. La chiave risiede nella consistenza dei filetti saltati in padella e nel bouquet di midollo e vino di Borgogna. Quanto al dessert, elementare, una composta di ciliegie e qualche *coffret* di brioche. Il semplice è il difficile. Mi fa da sguattero?"

"Non ho tempo, né la nouvelle cuisine è il mio forte. Sono un provinciale. Sono rimasto alla cucina casalinga. Ma se continua ad allenarsi con questo genere di menu, non riuscirà mai a scrivere l'*Ulisse* di Joyce."

"Adesso mi attrae di più un buon Kundera. Le triglie al midollo saranno un ottimo allenamento per scrivere un Kundera."

"Io so chi ha ucciso Araquistain."

"Ah sì?"

E continuò a darsi da fare tra le pignatte.

"E non le interessa?"

"Se sapere chi è l'assassino non mi interessa nemmeno nei miei romanzi, cosa vuole che mi interessi nella vita reale?"

Invece Biscuter e Charo erano molto interessati a farsi raccontare la storia. Gli avevano preparato il tranello di una cena all'Aracata: una *brandade* alla catalana, con le quattro barre della bandiera, e un'anatra alle fragole, e una crema alla Montse per chiudere la cerimonia. Biscuter si era messo un abito appena comprato ai quinti o sesti sconti della stagione e Charo trasudava Rochas, perché Carvalho, in una certa occasione, le aveva detto di sentire nostalgia per quell'odore di essenze, penetrante e setoso, un tempo emanato dalle signore come un richiamo di penombre propizie. Sia a Charo sia a Biscuter fece molta più pena Il Più Potente che ogni altro protagonista della storia. A coloro che nascono perdenti o vittime piace di più la gente che fa pena e prende maggior o minor partito per gli eroi o gli antieroi in rapporto diretto con la compassione da essi suscitata. Il corporativismo dei perdenti è sempre stato il più fragile tra tutti e così a Carvalho non sorprese che mesi dopo si classificasse nella hit parade nazionale una canzone dei Giustiziati Aggressivi intitolata *Il Più Potente*.

Cerca la sua ragazza
con mani di piombo
e solletico al cuore
Il Più Potente.

Con faccia da cane
in piena campagna
latra parole d'amore
Il Più Potente.

Ricorda quel giorno
l'erba cresceva
nei campi dell'Eden.

Di Vilariño poc'altro si seppe e quanto ad Araquistain gli venne dedicata una monografica al Festival del cinema di San Sebastián. Qualcuno disse che era stato il vero fondatore del nuovo cinema basco e quelli dell'Eta colsero l'occasione dei festeggiamenti per far scoppiare un'autobomba davanti a una caserma della guardia civil.

APPUNTAMENTO MORTALE ALL'UP AND DOWN

"E la cosa sorprendente non è che quell'uomo sia apparso morto, signor Carvalho. Sorprendente è che gli abbiano trovato in tasca un biglietto da visita del nostro locale e dietro un piccolo disegno dei due piani e una nota: Up and Down, giorno 6, dieci e trenta."

"Up and Down, sopra e sotto... Cos'è?"

"Le ho già spiegato all'inizio della nostra conversazione che vengo per conto dell'Up and Down, un locale di Barcellona, molto esclusivo, su due piani. Quello di sopra per conversare, ascoltare musica, bere un bicchiere, cenare... ossia, un piano per senior. Quello di sotto è studiato per gente giovane, gente che ha bisogno di scuotere la carcassa: rock, video, molta elettronica."

"Gente facoltosa?"

"Diciamo di sì."

"E il morto?"

"Uno sventurato in brache di tela."

"Non era un vostro cliente abituale."

Sorriso di saggezza non condivisa e di una certa impazienza.

"I nostri clienti sono frutto di una selezione. Un delinquente da quattro soldi, con una lunga, e pure rognosa, sfilza di precedenti penali, non avrebbe mai potuto oltrepassarne la soglia."

"Nemmeno in smoking?"

"L'abito non fa il monaco."

"Cos'avete alla porta dell'Up and Down, angeli custodi o una delle figlie di Ranieri di Monaco con l'elenco del Golden Gotha in mano?"

Non aveva voglia di svelare i segreti della casa, era evidente, perché chiuse gli occhi e aspettò che dalle labbra di Carvalho uscisse qualcosa in grado di interessarlo. Non hanno senso dell'umorismo o il mio senso dell'umorismo non è il loro, pensò Carvalho, e decise di recitare la parte limitata del detective privato sul punto di ricevere un ingaggio.

"È lei a richiedere i miei servizi?"

"In realtà sono un incaricato del consigliere delegato del locale, il signor Regás. Oriol Regás, suppongo che lo conosca, vero?"

"Conosco poca gente. A cosa si deve l'utilizzo di un intermediario?"

"Richiediamo i suoi servizi a titolo preventivo. Davanti alla polizia, il signor Regás non ha dato rilievo all'appunto. Era un biglietto esattamente come questo. Una cartolina nera: 'A partire da ottobre... all'Up and Down i mercoledì sono differenti... il down si dà al flamenco, e in particolare alle sevillanas, mentre l'up diventa più down...'."

"Sevillanas?"

"Uno dei passatempi che abbiamo organizzato. A Barcellona c'è molto interesse per questo tipo di ballo..."

"Nei quartieri andalusi, suppongo."

Evidentemente l'intermediario doveva far ricorso a sedimentazioni di pazienza da lui stesso dimenticate.

"È ovvio che gli andalusi a cui lei si riferisce non mettono piede all'Up and Down. Si tratta di giovani che frequentano abitualmente il nostro locale, patiti delle sevillanas, un ballo che distingue l'élite dell'aristocrazia spagnola. Per esempio, la duchessa d'Alba. Non conosce nemmeno la duchessa d'Alba?"

"Mi pare che figuri nel dipinto di una battaglia."

“Quello era il duca d’Alba ed è morto e sepolto da tempo.”

L’intermediario e Carvalho non avevano amici comuni, né argomenti di conversazione comuni.

“E il giorno 6 annunciato nell’appunto è un mercoledì...”

“Effettivamente...”

Era sinceramente stupito dall’acume di Carvalho.

“Come lo ha indovinato?”

“Intuizione femminile e inoltre c’è un calendario appeso al muro, esattamente alle sue spalle.”

Era indignazione ciò che aveva fatto arrossire i lineamenti dell’intermediario quando voltò la faccia verso Carvalho, dopo aver verificato l’esistenza del calendario.

“Presumiamo che lei agirà con molta discrezione, è stato questo e nessun altro il motivo che ha convinto il signor Regás a non dare importanza al fatto davanti alla polizia. Tuttavia, è possibile che la polizia vi ficchi il naso, ma a noi interessa un’indagine parallela che ci fornisca i dati, magari prima che se li procuri la polizia. Un locale come il nostro non può subire uno scandalo. Le ho portato i numeri di una rivista che pubblichiamo in modo che possa captare il nostro mondo... i nostri clienti... il loro stile di vita...”

Sulla scrivania di Carvalho si apriva un ventaglio di riviste di lusso. Odoravano di carta costosa, tutto ciò che in essi era esibito sembrava costoso, persino le persone, in particolare le donne dotate di gambe *high standing*, gambe proteiniche al servizio di corpi eccellentemente ammobiliati. Un mondo ben confezionato, come un bel pacco. E proprio di confezioni di persone e oggetti parlava la rivista.

“Dovrebbe dare un’occhiata al locale prima del giorno 6, ossia domani, martedì, e se possibile in un’ora in cui non ci sono clienti. L’aspetto davanti alla porta dell’Up and Down alle sette di sera, domani.”

“Non ricordo il suo nome.”

“Tato Daurella i Plegamans.”

Quando una persona continua a chiamarsi Tato dopo aver compiuto i quarant'anni, significa che si coccola molto, pensò Carvalho, ma non lo disse, tra l'altro perché l'intermediario gli aveva lasciato sotto il naso un assegno da centomila pesetas e aggiunse mentre usciva di scena: "Quando tutto sarà finito, gliene daremo altre centomila".

Il morto si chiamava José Velez Ciento, detto il Delatore. Qualcosa doveva aver fatto nella sua miserabile vita per essere conosciuto con questo soprannome, ma tutto ciò che poteva aver fatto aveva la stessa importanza relativa della sua maggiore prodezza, la rapina a un cinema di Lerida con dieci chili di caramelle pronti per lo spettacolo del giorno seguente come unico bottino. Carvalho si fece lustrare le scarpe da Bromuro, il suo informatore abituale, ormai un po' scarso di riflessi e di contatti.

"I tempi cambiano, Pepiño, e io ormai ho troppi anni per cavarmela bene in mezzo a così tante mafie. Farò il possibile."

"Che sia presto. Per questa sera."

Mangiò in modo fugace e capriccioso nelle bettole del Barrio Chino, cibo pieno di olio rifritto e aglio. Preferiva gironzolare per strada in attesa del rapporto di Bromuro piuttosto che tornare in ufficio dove lo aspettava uno dei menu di urgenza di Biscuter: rimasugli di bollito con salsa di pomodoro e formaggio grattugiato al gratin. La mancanza di clienti, e quindi di casi, consigliava di adoperare gli avanzi e Biscuter aveva un abbondante repertorio di cucina povera presuntamente popolare. Bromuro arrivò puntuale all'appuntamento, puntuale e sconcertato.

"Pepiño, non c'è modo di capirti. A volte mi chiedi la luna e altre una stronzata come questa. Quel tizio era un disgraziato, e la cosa più importante che ha mai fatto in vita sua è stata quella di farsi ammazzare da sei coltellate. Per di più, una morte idiota. Una lite per una battona di calle Escudillers. Una lite ancora più cretina, perché il Delatore era un bucaiolo più che convinto e di tanto in tanto aveva anche un mantenuto. Marchettari di poco conto a cui si legava quando era in galera. Entrava e usciva dal Modelo come te dai ristoranti di lusso."

"Io non vado nei ristoranti di lusso, Bromuro. Brutti tempi."

"Perché ti interessa il Delatore, Pepiño?"

"Ogni uomo è quel che sembra essere e tutto il contrario."

"Sagge parole, Pepiño, molto sagge. Io sembro un lustrascarpe e in realtà sono un capitano dell'esercito delle Fiandre."

Bromuro era temibile quando veniva colpito da una crisi di imperialismo storico e ricordava le sue gesta nella divisione falangista sul fronte russo. Carvalho allora gli concedeva cinque minuti perché salisse sul piedistallo, e poi lo abbandonava ai suoi ricordi o fantasmi con una scusa qualsiasi. Ogni uomo si merita cinque minuti di sogni a occhi aperti, di sentirsi a proprio agio con se stesso. Era una massima che Carvalho adoperava solo per i perdenti. Gli altri non hanno bisogno di inventarsi piedistalli. Li comprano. Mentre stava riflettendo, fu aggredito dall'urgenza dell'appuntamento con don Tato e andò a trovarlo attraversando tutte le frontiere che separano il Sud dal Nord di Barcellona, leggendo tutte le città che si trovano in una stessa città, tutte le archeologie di uno stesso sforzo storico di vita collettiva. Tra architetture nuove e oltre la frontiera definitiva della Diagonal, Carvalho parcheggiò di fronte all'Up and Down, una costruzione dalle tendenze occulte, ostinata a dissimulare i suoi interni dietro a un'apparenza di ingresso di un capannone di lusso. La faccia del portiere non era amichevole, e gli parve enorme, come l'intera prospettiva della porta.

"Dove va, signore?"

Anche se aveva pronunciato la parola signore con poca convinzione, finse indifferenza.

"Ho un appuntamento con Tato."

Il portiere inarcò le sopracciglia come se non capisse la sua lingua, ma dietro di lui, da dietro le ombre, sorgeva l'intermediario.

"È per me."

Il portiere salutò sorridendo l'apparizione.

"Ai suoi ordini, signor Daurella."

Daurella borbottò all'orecchio di Carvalho: "La prossima volta mi chiami per cognome. Come vuole che il portiere mi conosca come Tato?".

"Ho pensato che lei fosse affezionato al suo nomignolo."

Attraversarono un'anticamera da cui partivano le scale verso il Down e si aprivano le porte verso l'Up. Per i senior un locale rilassante con penombre e tavoli separati, propizi alla conversazione e persino al silenzio; banconi dove poggiare i gomiti dello smoking, inadatti per giacche sportive con le toppe in pelle; bottiglie tanto stilizzate da sembrare progettate dall'architetto d'interni; dorature, neri brillanti, marroni morbidi, una tana per la finzione di un happy end alla fine di una giornata lavorativa. E sotto il contrasto della rivoluzione elettronica addomesticata per giovani che avrebbero ereditato, dieci anni più tardi, la rilassante penombra del locale al piano di sopra. Video musicali e strettamente visivi, tanti quanti i pannelli, quasi quanto i gruppi di clienti possibili, luminotecnica da finzione di luminotecnica, un nero brillante e assoluto per spalleggiare ogni genere di fantasmi luminosi e servire da adeguato specchio alla bianca negritudine di una musica convenzionalmente aggressiva.

"Le sevillanas dove? Sopra o sotto?"

"Sotto."

"Le ballano solo gli junior?"

"Niente affatto. Abbiamo eccellenti ballerine tra le signore del piano di sopra. Si è scatenata una vera passione e sono molti i clienti che negli altri giorni della settimana vengono a lezione di ballo andaluso."

"Mi aveva detto che nel biglietto trovato sul corpo di

quel disgraziato c'era un disegno approssimativo della planimetria del locale. Ce l'ha lei, questo disegno?"

"Se l'è tenuto la polizia, ma posso darle un piano tecnico del locale."

Se ne andò con passo da ginnasta, attutito dai raffinati pavimenti del locale. Non gli aveva offerto un drink e a Carvalho parve inutile chiederlo dato che dietro al bancone non spuntava ancora nessun cameriere. Tornò con due piantine che aprì su un tavolo.

"Sarà difficile avere abbastanza occhi per capire tutto questo ginepraio. Il locale non è molto grande, ma è diviso in molti scompartimenti: la zona della sala da pranzo, due banconi, le toilette, la pista da ballo, il guardaroba, un'uscita di emergenza, la cabina del disc-jockey e al piano di sotto, un'altra uguale, insieme alla penombra e alla distrazione della gente che segue i video."

"Suppongo che la polizia si apposterà da queste parti e Dio voglia che non si faccia notare."

"Non girano più con l'impermeabile. Inoltre, i nostri impiegati di massima fiducia sono stati avvertiti, e contiamo su di lei, soprattutto su di lei, che è un professionista e ce lo deve dimostrare."

"Metta un uomo di fiducia in ciascuno dei cerchi che sto per tracciare sul piano. Abbiamo il vantaggio dell'ora indicata dall'appunto, le dieci e mezzo precise. Mi considera invitato a cena?"

"Considero preferibile che venga avendo già cenato."

"Capito. Lei è trasparente."

Dedicò la mattinata a completare la biografia del Delatore, a cercare il contatto che gli vendeva le scatole di sigari catalano-dominicani Cerdán, a promettere a Biscuter che avrebbe fatto onore al suo piatto del giorno, un pudding di duroni e funghi alla maniera di Luis Irizar, tratto da un ritaglio di rivista di gastronomia, rubata da Carvalho in un ristorante raccomandato dalla rivista stessa. Ogni esibizionismo ha il suo prezzo. Ma dovette anche tranquillizzare Charo, poco disposta a sopportare le sue assenze silenziose e smorte. Un giorno o l'altro la sua storia con Charo sarebbe finita o si sarebbe complicata, era assurdo tenere in piedi un vecchio affetto in sordina e fingere addirittura noia per non dimostrare indifferenza.

"Ho un caso tra le mani nella zona alta."

"Finalmente sei diventato un detective d'alto bordo."

"Quasi tutti i miei clienti stanno nella zona alta e le loro vittime nella zona bassa. Sono sempre ben piazzato. Quando tutto sarà finito t'inviterò all'Up and Down."

"Cos'è?"

"Un locale per gente chic dove non senti i tuoi stessi passi, dove se vuoi non senti manco te stesso. Ma ci puoi anche ballare. Ballare di tutto. Sevillanas, per esempio."

"Portami, Pepe! Non mi hai mai visto ballare le sevillanas, e lo faccio meravigliosamente!"

Sarebbe stata un'esperienza agrodolce vedere Charo volteggiare nelle sevillanas con la duchessa d'Alba, si fa per dire, come opponente. La giornata non cominciava bene. Il fornitore dei Cerdán non si presentò all'appuntamento e a Biscuter il pudding riuscì troppo asciutto con i duroni mal combinati insieme ai funghi, ma Bromuro gli procurò il nome di tre marchettari che figuravano tra gli ultimi mantenuti del Delatore. Uno di loro stava scontando la pena per una rapina, l'altro cantava travestito in Belgio e il terzo non si sapeva dove fosse, ma si chiamava Redford, perché somigliava talmente a Robert Redford da avere in faccia addirittura le stesse pustole dell'attore, come confermò la cameriera di El Loro Azul.

"Quelle pustole te le mangeresti di baci..."

Che schifo.

Giunse davanti al capannone di lusso alle dieci di sera e il portiere inarcò un sopracciglio come segnale di avvertimento. Daurella era seduto nella hall e si mise in piedi di scatto appena lo vide entrare.

"Finalmente. Avrei sperato che arrivasse con maggiore anticipo."

Non era solo. Accanto a lui stava un uomo con la faccia del padrone del casinò in un film di Humphrey Bogart, sulla quale si accentuavano ancor di più noia e malinconia.

"Il signor Regás ha voluto conoscerla di persona."

Non sembrava molto entusiasta, ma fece uno sforzo per nasconderlo, e mise persino un certo interesse nella voce con cui gli chiese informazioni a proposito dei suoi piani.

"Aspettare le dieci e trenta, ficcare il naso dappertutto e vedere che cosa succede."

"Le pare sufficiente?"

"O questo o chiudere il locale per stasera."

"Sarebbe impossibile senza dare spiegazioni, e di spiegazioni non ne abbiamo quasi."

Il malinconico pensava per conto proprio, si disse Carvalho, mentre Daurella cercava di riconquistare il ruolo di protagonista enumerando tutti gli uomini che aveva mobilitato e sottolineando che lui si era assegnato il punto più delicato: la zona intorno alla pista da ballo della zona up. Lì si trovava il pubblico più disgregato; invece, tra i tavoli delle zone del ristorante c'era sempre molto movimento.

Carvalho si mise di spalle al bancone principale, da cui poteva vedere la sala da pranzo e la pista da ballo. Chiese un Knockando di trent'anni senza ghiaccio, senza acqua, ma non avevano del Knockando di trent'anni.

"Allora mi dia un whisky qualsiasi con ghiaccio ma senz'acqua. Se non ha il Knockando non mi chieda la marca, amico."

Che rospi non deve ingoiare un barman, pensò Carvalho.

"Quali sono i peggiori clienti: quelli di passaggio come me o gli abituali?"

Il barman senza dubbio aveva seguito quattro anni completi di studio alla scuola diplomatica perché rispose: “I clienti di questo locale sono tutti eccellenti”.

Chapeau. Eccellenti e abituali, pensò Carvalho mentre esaminava a uno a uno quelli che se ne stavano seduti ai tavoli della sala da pranzo, cercando di identificare alcune facce, le gambe e le apparenze che ricordava di aver visto nelle riviste offerte dall’intermediario. Senza sapere perché, i suoi occhi si soffermarono su un tavolo dove stavano sedute due coppie da pubblicità di brodo in dadi per poveri con la raffinata argomentazione che piace anche ai ricchi. Sembravano latinoamericani in viaggio in Europa, secondo il modello dei latinoamericani in viaggio in Europa creato dal cinema di Hollywood. Osservò in particolare una bruna dalla pelle olivastra con la bocca da pianta carnivora, da oloturia apparentemente in letargo ma affamata. E fu allora che venne sorpreso dall’improvviso black-out e, anche senza vederla, gli rimase impressa l’immagine della donna e del suo gruppo nell’oscurità, finché provò l’impulso di avanzare seguendo la più scontata e dritta delle linee verso il loro tavolo. Inciampò nel gradino di separazione con la zona sala da pranzo e si lasciò portare dallo slancio per saltare sopra l’ostacolo e cadere dentro la sala. Fu allora che, tra le adombrate risa e i commenti sorpresi o divertiti, credette di udire un grido soffocato alla sua sinistra e si mosse in quella direzione imbattendosi in un corpo nervoso ed elastico che lo spinse facendolo cadere sui quattro piatti pieni di uno dei tavoli. Si scosse di dosso gli intuiti pezzi di cibo, le voci di protesta, l’oscurità che l’avvolgeva e mentre cercava di riorientarsi per ritrovare la direzione del tavolo dei presunti latinoamericani, la luce si accese di nuovo. Vide tutto in una frazione di secondo. La donna dalla bocca carnosa sembrava essere crollata con la fronte dentro il piatto, come nel tentativo di schiacciare un’insalata tiepida di frutti di mare, e l’evidenza della sua morte tardò un minuto a insediarsi tra i suoi compagni. E tardò un po’ di più nella sala, dove lo sguardo di Carvalho vide solo apparenti clienti abituali, camerieri abituali, l’abituale Daurella con un'irritante impressione di fallimento nel viso scomposto.

I giornali parlavano del delitto dell'Up and Down e aggiungevano alcune dichiarazioni del signor Oriol Regás in cui si sottolineava che la vittima, come i suoi accompagnatori, erano sconosciuti, non facevano parte della clientela abituale e che il mistero era arrivato con loro e sparito con loro. La vittima aveva un nome. Flor Picarabea Ghilmetti, di nazionalità colombiana, come i suoi accompagnatori. Erano quattro amici in viaggio turistico in Europa e i tre superstiti si dichiararono stupiti di fronte all'accaduto. Lo strumento dell'omicidio era stato un bisturi piantato nel punto più mortale della nuca, ed era necessaria una certa destrezza per utilizzarlo. La polizia interrogò lo stato maggiore del locale, traendo nuove congetture dal biglietto trovato nelle tasche del Delatore, e Carvalho riuscì a irritare visibilmente Tato quando gli disse che la chiave della faccenda stava nel trovare un uomo simile a Robert Redford; lo si poteva cercare in una qualsiasi delle auto che uscivano dall'area metropolitana o in qualsiasi angolo della città dove si potesse nascondere un uomo simile a Robert Redford. Evidentemente, il senso dell'umorismo di Tato Daurella non coincideva con quello di Carvalho. A lui sembrava una prova d'imperizia che il detective si fosse scontrato con l'assassino nell'oscurità, con il solo risultato di rovinare la cena di quattro commensali.

I portieri non ricordavano alcun uomo simile a Robert Redford e quello a lui più somigliante risultò essere un neurochirurgo che quella sera si era recato nel locale insieme a una donna di cui non ricordava il nome, anche se in un primo momento aveva detto trattarsi di sua cugina. Chiarita la situazione "tra gentiluomini", la pista del neurochirurgo svanì e Carvalho dovette subire una lavata di capo da parte della polizia per aver nascosto informazioni, favorendo così il lavoro dell'assassino. Carvalho voleva uscire da lì al più presto e tornare a muoversi a suo agio, a campeggiare nelle sue aree propizie, e ci riuscì a metà mattina del giorno seguente, con il corpo a evidenziargli che non era più quello di una volta, che aveva troppa stanchezza nei muscoli, troppi lamenti nello scheletro. Anche così, raggiunse le posizioni di Bromuro in plaza Real e gli mise centomila pesetas in mano perché rintracciasse il Redford vivo o morto. Aveva la polizia alle calcagna, attaccata come una zecca, in attesa delle briciole di informazione che gli potevano cadere di tasca.

Il Redford si trovava nel suo quartiere, quello della Mina, e nulla dimostrava che fosse inquieto. Si bucava come sempre, faceva la checca come sempre e giocava al domino nei momenti liberi nel bar dello Zoppo di Lucena. A Carvalho parve ingiusto procurare tante facilitazioni alla polizia, ed entrò in un cinema con porta di accesso in una caffetteria. A metà film andò in toilette, ma si perse da solo strada facendo, uscì nella caffetteria e da lì in strada e tre quarti d'ora dopo era nel quartiere della Mina a cercare il Redford per conto di Paul Newman. Supponeva, e non si sbagliava, che se in un carcere chiamavano Redford un ladruncolo, non sarebbe tardato molto prima che apparisse un altro ladruncolo che, volente o nolente, fosse paragonato a Paul Newman. Il Redford non c'era al bar dello Zoppo di Lucena, un'orgia di color verde in plastica verde, con tutta una serie di bottiglie in esposizione accanitamente inseguite dalla polvere e dalle coliche di tutte le mosche del rione. Si trovava, invece, nella sua baracca, con la porta aperta e le gambe aperte, quel bellone, con una zaffata di eroina a viaggiargli nelle vene. Carvalho non fece in tempo a svegliarlo. Alle sue spalle si ammucchiarono poliziotti in abiti borghesi e marroni con le mani piene di minacce metalliche e le bocche di aggressioni rivolte sia contro di lui sia contro il povero Robert Redford, il quale venne scosso, riempito di calci, rotolato per terra finché recuperò la lucidità e con essa il panico.

Poi, Carvalho aspettò in un ufficio della questura che il

Redford cantasse. Bisognò aspettare finché non fu colto dalla sindrome e allora cantò, lui da solo, un'opera in cinque atti, e cantò tutte le parti, anche quelle che non gli spettavano. Gli avevano incaricato l'omicidio, a lui e al Delatore, ma dopo la scomparsa del compare aveva dovuto fare tutto da solo. Era stato facile introdursi nel locale, soprattutto nella parte di sotto. Era il giorno del ballo delle sevillanas e si era presentato come ballerino invitato in veste speciale da professore di alcune delle partecipanti. Entrò nel locale circondato da un grappolo di femmine con nomi come Cuca, Montse, Solita, Nena, Sita, tra spume di volant e battiti di nacchere. Poi era stato semplice svanire, provocare il black-out e raggiungere il piano di sopra.

"Da dove? Da dove?" avrebbe poi esclamato Daurella, tanto indignato quanto sorpreso davanti al bilancio di Carvalho. Il detective gli mise a disposizione gli stessi prospetti dei locali che l'altro gli aveva consegnato due giorni prima.

"Avrebbe dovuto avvertirmi che quest'indicazione, 'Uscita d'emergenza', posta di fianco alla cucina, si trova accanto a una scala che conduce direttamente al piano di sotto, collegando l'Up con il Down."

"Ma non l'ha visto direttamente sul prospetto, per amor del cielo?"

Sul prospetto si vedeva solo un rettangolo rigato e accanto la scritta "Uscita d'emergenza". Non mostrava che quel rettangolo rigato fosse una scala segreta di collegamento tra i due piani. Il Redford era stato uno strumento cieco di una faccenda di narcotraffico, e la direzione del locale ottenne un successo di pubblico nei giorni successivi, con i clienti stimolati non dalla possibilità di un nuovo omicidio, ma da quella di percorrere la strada del dramma, preceduti dai camerieri, trasformati in guide documentate di un delitto più volte ricostruito per la gioia della clientela. Quanto a Carvalho, incassò i soldi promessi, dopo che Tato Daurella i Plegamans si fu calmato grazie all'opportuno stratagemma di Oriol Regás consistente nel sostenere che in fin dei conti né la vittima né l'assassino erano clienti fissi dell'Up and Down.

Charo insistette a farsi invitare per passare una serata nel locale e, dopo molte preghiere, Carvalho si decise a mantenere l'impegno, così arrivarono alle porte del capannone, dove era di nuovo enorme, un ostacolo, uno sbarramento, la faccia del portiere.

"I signori non sono soci?"

"No."

"Allora mi spiace, non possono entrare."

Adesso gli chiederò di chiamare Tato, si disse Carvalho, ma non lo fece. Pensò, insieme con Groucho Marx, che non si sarebbe mai iscritto a un club che lo accettasse come socio.

JORDI ANFRUNS, SOCIOLOGO SESSUALE

Poco più che ventenne. Bionda, riccia la chioma come retroguardia di un corpo bianco, abbinato a un tanga d'oro, un piccolo cono dorato copre ciascun capezzolo. Balla sul cubo sotto la rivelazione di un fiotto di luce lattiginosa o si dondola sull'altalena sopra le teste dei presenti in discoteca meritandosi l'indifferenza del rumore totale o gli sguardi del pubblico in cerca dell'indovinabile e tenera ferita del sesso. Sorriso perenne, che non crolla quando smette di lavorare e picchietta sugli alti tacchi facendosi strada tra gli occupanti delle catacombe del rock.

"Montse, figliola, sembri un frullatore," la saluta un travestito imbrattato di turchinetto e lei strizza gli occhi e ripete i movimenti del ballo mentre dice mediante gridolini: "Mi muovo! Mi muovo!".

Una parola qui, uno sguardo insinuante là, bisbigli nel piccolo orecchio che riscatta dal suo letto di capelli con un gesto di disvelamento.

"Mi muovo! Mi muovo!" insiste Montse e continua la sua passeggiata fino al bancone dove il barman le ha preparato un bicchiere d'acqua.

"Acqua soltanto?"

Gliel'ha detto un uomo sconquassato, magro, bruno, occhi scuri ma meno delle sue occhiaie, capelli neri pettinati violentemente all'indietro come quelli di un condottiero del periodo tra le due guerre, capelli con la forfora, forfora sulle spalle, lutto nelle potenti unghie lunghe che culminano delle mani da profeta. E nonostante la minacciosa apparizione, Montse continua a sorridere e a gridare.

"Mi muovo! Mi muovo!"

"Bevi, bevi acqua. Purificati dentro mentre fuori continui a essere impura."

Il mistico le porge un biglietto da visita e si gira drasticamente su se stesso mentre si fa strada tra la folla. La gogo-girl finisce di bere il suo bicchiere d'acqua e attraversa di nuovo la calca tra i commenti, sprizzando sorrisi, stabilendo l'immagine del suo volto sorridente quando recupera il cubo, il movimento e quello che sembra essere il motto della sua vita.

"Mi muovo! Mi muovo!"

Poi si fa dare il microfono dal presentatore.

"Gentile pubblico, mi hanno chiesto di comunicarvi che in sala si trova nientemeno che... Jordi Anfruns, il sociologo! Un applauso per il sociologo."

La mano della gogo-girl indica il camminare in fuga di Anfruns inseguito dalla curiosità degli sguardi. Il presentatore prende per la vita Montse senza abbandonare il sorriso per il pubblico, ma c'è durezza nell'abbraccio e nella voce bassa che le martella all'orecchio: piccola, sei nel pallone, allontanati prima che il padrone se ne accorga. Montse abbandona la scena come galleggiando tra la gente, scansa i tavoli, giocherella con i tentativi di trattenerla e quando un conato di vomito le sale dal più profondo della sua nausea, corre verso la toilette delle donne. Quasi caccia la testa nella tazza con voglia di vomitare, le fanno male i muscoli dello stomaco e il petto, e sulle guance le scorrono rivoli di sudore e lacrime. Quando si volta in cerca del lavandino il suo sguardo si imbatte nella statura grigia di Anfruns, il viso livido per le luci al neon e le ciglia inarcate e scure.

"Guardati nello specchio. Hai il volto della corruzione e della morte."

Montse lo rifiuta con un gesto e lascia cadere le mani sul

bordo del lavandino. La tavolozza del viso registra tutte le sbavature del trucco. Dietro quei lineamenti mezzo cancellati rimane in secondo piano l'espressione saggia e prepotente di Anfruns.

"Lavati la faccia e scoprirai di nuovo la tua bellezza di un tempo."

"Ma va'a quel paese..."

"Hai bisogno di un uomo che ti parli come faccio io. Attraverso la mia bocca si esprime lo spirito della generosità. Voglio che torni a essere te stessa."

È lo schifo a commuovere il piccolo volto della gogo-girl, come una bambina che sta per prendere una purga irrimediabile e prepara con le smorfie l'aggressione al palato. La stanca la presenza di Anfruns alle sue spalle, quasi lo sguardo dell'uomo fosse un peso. Supplica.

"Vattene. Vattene, sociologo. Voi sociologi siete tutti dei poco di buono."

La paura ha sostituito lo schifo. Ma è lo stesso viso da bambina abbronzata da cento notti di ballo sul cubo.

"Ha un bel colore."

"Sole artificiale."

"Una bambola di lusso."

"È un sole artificiale domestico. Si trova nella stanza accanto."

"Qual è l'ora del decesso?"

"A prima vista, sei o sette ore fa."

È lo stesso volto in primo piano. Nudo, senza trucco né sorriso, gli occhi aperti per la sorpresa di fronte alla propria morte. Nudo anche il corpo rattrappito sulle lenzuola e coperto da lividi e coltellate. Il commissario Contreras non riesce a trattenere una smorfia di dolore, come se lo spettacolo gli ferisse gli occhi. Tira il lenzuolo e copre il corpo mentre dice: "Portatela via".

Lavoro del medico legale, presa delle impronte digitali,

un flash imprevisto che accentua il disgusto nel viso del commissario.

"Precedenti?"

L'aiutante tiene un foglio di carta in mano.

"Quasi nulla. Una ragazzina. C'è stata una retata l'anno scorso e l'abbiamo presa. Aveva una canna nella borsa. Era di buona famiglia."

"Anch'io."

"Voglio dire di ottima famiglia."

"Ottima?"

"Ottima. Fabbriche. Regate. Teatro dell'Opera e uno zio sindaco di non so dove ai tempi di Franco."

"Cosa faceva una ragazza così in un posto come questo? Bisognerà domandarlo ai genitori. Si dava da fare con i clienti?"

"Quasi non sono riuscito a parlare con il padrone del locale, ma a quanto pare, no. Viveva la sua vita, ma non da puttana."

Contreras è commosso dal contrasto fra l'ingenuità del corpo di carni brevi e adolescenziali, dalla faccia d'animale giovane e dalla brutalità dell'accanimento dell'assassino.

"Vediamo, questo biglietto. Jordi Anfruns, sociologo... Di nuovo il sociologo. Questo tipo andrebbe rinchiuso. È quel suonato che predica la castità e confonde il pisello con la politica. È quell'idiota che aggredì a morsi un'insegnante di liceo ai tempi della minigonna dopo averla accusata di mancanza di decoro in pieno consiglio d'istituto."

"E quello che aveva dipinto con lo spray i corpi nudi delle prime vedette che si presentavano come mamma le aveva fatte all'inizio di tutto questo libertinaggio."

"Troppo facile. Ma cercatemi questo Anfruns. Bisogna dargli un'occhiata. Chi è questo qui?"

È entrata nella stanza una zaffata di lozione di dopobarba annunciando un uomo elegante e lindo con le maniere di un responsabile delle pubbliche relazioni. Viene preceduto da un poliziotto, che dà spiegazioni a Contreras.

"È l'avvocato che rappresenta la famiglia."

"Mi chiamo Pedro Fresneda e rappresento la famiglia Gispert. Il signor Gispert mi ha ordinato di mettermi ai suoi ordini. Lui resta a sua disposizione per qualsiasi formalità voglia intraprendere."

"Ai miei ordini. Benissimo. Lasci qui da qualche parte il suo biglietto da visita e attenda gli ordini. I miei."

L'avvocato non si aspettava lo sdegno del commissario. Sembra avere occhi solo per il corpo senza vita della ragazza che il medico legale scopre e copre con il lenzuolo bianco, con uno strattone, con la precisione di un esperto.

"Come se oggi fossi in vena di avvocati..."

Carvalho è a letto con Charo. Apre gli occhi, sbatte le palpebre, si rende conto della situazione e di avere la bocca impastata, forse addirittura il mal di testa, ma può darsi che si tratti della semplice pressione di una giornata in cui o non ha nulla da fare o quello che ha da fare non gli piace.

"Che giorno è oggi?"

Charo si sveglia e affaccia un'espressione imbronciata.

"Che c'è?"

"Che giorno è oggi?"

"E per questo mi svegli?"

"Io non ho svegliato nessuno. Mi sono limitato a dire: che giorno è oggi?"

Charo torna a immergersi nel mare di lenzuola, mentre Carvalho le abbandona in cerca dei vestiti, dello spettacolo della città ai suoi piedi e poi della cucina dove prepara il caffè. Squilla il telefono e Carvalho guarda l'orologio a parete. Le sette del mattino. La sorpresa non gli impedisce di prendere il telefono.

"Capo. Mi riconosce?"

"Inconfondibile."

"L'ho svegliata?"

"Questo non riesci a farlo né tu né nessuno. Sono nei postumi di una sbornia."

"C'è che qui abbiamo un cliente."

"Un cliente? Alle sette del mattino?"

"Io gliel'ho già detto, capo, ma afferma di avere molta fretta. Gli passo la cornetta."

E prende la cornetta il mistico bruno e angoloso, portandosi dietro la sua forfora e il suo tono illuminato nel dire a Carvalho: "Buongiorno. Mi chiamo Jordi Anfruns. Sono un sociologo, un sociologo sessuale".

"In quale circo lavora, amico?"

"Mi dedico alle scienze sociali e la sto aspettando nel suo ufficio."

"Ah, bene. Uno scienziato. Vengo."

Charo si rifiuta di ubbidire all'esigenza di vestirsi rapidamente e di farsi riportare a casa da Carvalho. "Scenderò da sola con la funicolare."

Per una sinuosità continua, mentale e fisica, Carvalho raggiunge il suo ufficio, come se una forza estranea lo facesse scivolare lungo un toboga fatto di strade. Caffè. Caffè. Il suo cervello geme come geme il vagabondo nel deserto chiedendo acqua alla chimera del miraggio. Quando entra in ufficio non ascolta né le scuse di Biscuter né il marziale colpo di tacchi con inchino di testa con cui si presenta il sociologo sessuale.

"Prepara subito cinque caffè per me e... lei prende un caffè?"

Anfruns chiude gli occhi con diletto, come se la mente stesse assaporando la risposta.

"Non assumo droghe."

E li riapre per verificare l'effetto suscitato dalle sue parole su Carvalho e Biscuter. La stessa faccia di stupore, forse più aggressiva in Carvalho.

"Neanche il caffè?"

"Il caffè è una droga. Esattamente la settima in ordine di tossicità."

"Sarebbe tanto gentile da farmi conoscere la classifica?"

"Con molto piacere. Fa parte della mia crociata per il risanamento dei costumi. Prima, l'eroina, flagello dell'umanità. Al secondo posto, il cibo, distrugge il corpo e può uccidere l'anima attraverso i suoi agenti, come il colesterolo..."

"Non continui, amico. Lei si trova in territorio nemico. Non siamo pellirosse amici. Non è vero, Biscuter?"

"Vero, capo."

"Biscuter. Tu ritieni che le polpette al sugo siano una droga?"

"Uno sproposito, capo."

"Ha sentito?"

Davanti all'imponderabile, il sociologo sessuale si limita a fare spallucce e a comprendere tra le braccia aperte l'immensità dell'ignoranza umana.

"Biscuter. Fa' un caffè e riscaldami qualcosa."

"Che ne pensa di un paio di peperoni ripieni, capo?"

"Preferisco un po' di pane e pomodoro, una salsiccia e una salsa *ailloli*."

Tutte le gamme della nausea sono passate sul viso di Anfruns.

"Be'. Adesso mi sento meglio. Dica pure."

"Sono sospettato di un delitto."

"Quale delitto?"

"Hanno ucciso una ragazzina, due giorni fa, una gogo-girl del club Scorpio. Io cercavo di farla diventare una delle mie discepole, di allontanarla dal vizio e portarla sulla strada del controllo della propria vita. Così come preti e psichiatri aspettano nei confessionali i peccatori e i malati, io sono un sociologo e devo andare incontro alla società. Vado dove si presentano i comportamenti sbagliati e predico la buona novella dell'autocontrollo, del possesso della coscienza illimitata."

"Sembra un candidato elettorale."

"Passione e scienza di solito non fanno comunella. Ma non è questo il mio caso. Tenga."

Lascia sulla scrivania una cartella che ha tenuto fino ad allora sottobraccio. Carvalho legge il titolo.

"*Sul comportamento sessuale e i suoi rapporti con il comportamento totale. Appendice: i politici e la violazione.*"

"Interessante."

"Imprescindibile, direi. Montse era un tenero animaletto che faceva la gogo-girl per mortificare la famiglia, una famiglia ricchissima. Suo padre era stato quasi sindaco ai tempi di Franco."

"Peccato per il quasi."

"Finì invischiato in un pasticcio di gonnelle, e in quegli anni simili pasticci bisognava nasconderli molto bene. Ma torniamo a noi. La polizia non mi vede di buon occhio ma io ho un alibi quasi perfetto per la notte dell'omicidio. È vero che ero stato allo Scorpio e avevo parlato con Montse, ma poi sono tornato a casa e ho sei discepoli disposti a dichiarare che ero lì nel momento in cui si suppone che Montse sia stata uccisa."

"Vive con i suoi discepoli? Cosa insegna loro?"

"Sociologia sessuale. Mi hanno chiuso le porte dell'università e delle case editrici. Faccio lezione a casa mia e pubblico da solo i miei libri."

"Tiene gli alunni a pensione completa?"

"Ho un senso socratico dell'insegnamento. La convivenza con il maestro avvicina alla verità del maestro. Sto impartendo loro un breve corso monografico su 'Il comportamento sessuale dell'involuzionismo'. I miei alunni sono il mio alibi, ma ho intuito che il commissario non mi vede di buon occhio, di solito suscito reazioni di rifiuto, metto in forse troppe cose, sono troppo rivoluzionario per i filistei dell'epoca attuale. Mi capisce?"

"Faccio il possibile per seguirla, amico. Ma mi costa. Solitamente non ho dei sociologi come clienti. I miei clienti sono piuttosto vittime della sociologia. Gente mal vista dalle statistiche. Allora, lei non ha ucciso la gogo-girl e vuole che io scopra chi l'ha fatto in modo da poter continuare a far lezione sulla sociologia sessuale."

"Eccellente riassunto."

"Le costerà caro."
"Non si preoccupi per il denaro."
"C'è che sto mettendo da parte i risparmi per la vecchiaia."
Anfruns guarda Carvalho con evidente disprezzo.
"Solo i pusillanimi si preoccupano della propria vecchiaia."
"Mi preoccupa diventare vecchio pisciandomi addosso e non avere nessuno che mi cambi i pannoloni. Cosa vuole che le dica, ognuno è fatto a modo suo. Risparmio per pagarmi la dignità di essere trattato come un signore anche se mi piscio addosso. Lei si è mai pisciato addosso?"
Ma Biscuter sta già arrivando con la fumante casseruola in cui freme la salsa scura che circonda i pezzi di seppia e le minuscole polpette.
"Vedo che Biscuter ha scelto di testa sua. Le polpette con la seppia sono la cosa migliore per i postumi di una sbronza, vuole favorire?"
"Nauseabondo. Se lei sapesse che cosa sta per ingerire..."
"Biscuter le prepara a puntino. È una tradizionale tecnica dell'Ampurdán per caratterizzare alcuni suoi piatti mediante il sapore e il colore: lasciar imbiondire la cipolla, senza esagerare, e poi tritarla. Ne assaggi una. Se lei è uno scienziato deve sperimentare."
"È la prima cosa sensata che sento da lei. Me ne dia una."
Carvalho ne infilza una e la mette nella bocca offerta dal sociologo mentre chiude gli occhi. Mastica senza aprirli e quando ha inghiottito il boccone, recupera la vita per sostenere lo sguardo in attesa di Carvalho e Biscuter.
"Come un tumore. Esattamente come un piccolo tumore incipollato."

Ciascun albero ha cinquecento anni o è costato cinquecentomila pesetas. La casa è un ampio bungalow in mattoni a vista con tegole di lavagna da cinquanta carati, semioccultata, nonostante l'imponente presenza, da una vegetazione che tiene occupati due giardinieri, marito e moglie, filippini. Viene introdotto da qualcuno che dalle maniere sembra un maggiordomo, ma è vestito da autista diffidente di fronte all'accoglienza che il suo signore possa offrire a quest'intruso, che a fiuto non è una persona importante. È la stessa sentenza dettata dagli occhi del signor Gispert, un uomo dalla potente mascella, dal potente petto, dalla potente testa che emerge dall'accappatoio bianco, semiabbandonato su una potente chaise-longue da giardino potente, in cui non manca la potente piscina. Accanto a lui contrasta la piccolezza a lutto di una figurina di donna sciolta in lacrime. La piccolezza della donna accresce l'enormità dell'uomo e le lacrime eccitano il suo tono rude e prepotente.

"Per me era già morta."

"La mia piccola!"

"Taci, ruffiana. La colpa è soprattutto tua. 'Sei troppo duro con lei,' mi dicevi, e giù a proteggerla quando prendeva brutti voti o tornava tardi a casa."

"Voleva fare l'attrice."

"L'attrice. L'attrice. Lo sapevo io che cosa voleva fare."

Carvalho assiste distante all'inutile rappresentazione familiare, al duello di posizioni che ormai li accompagnerà per tutta la vita.

"Io non avevo più nemmeno il coraggio di uscire di casa. Da tutte le parti mi imbattevo in notizie della bambina. Clienti, fornitori, amici. Hai visto tua figlia? E non andavano oltre perché io li guardavo con occhi che li facevano zittire. Ma lo leggevo nel loro sguardo. Sta muovendo il sedere in un certo posto. Ecco cosa faceva. Io non ho educato i miei figli perché se ne vadano per il mondo a muovere il sedere. Io ero l'erede della mia famiglia; mio padre mi faceva lavorare in fabbrica per tutta la durata delle vacanze, fin da quando avevo quattordici anni."

"Tu l'hai cacciata via di casa!"

"Si è cacciata via da sola."

La coppia si guarda con odio e Carvalho li lascia fare e dire, quando alle sue spalle suona una dura voce femminile.

"Basta. Un po' di ritegno."

Si volta e gli pare di vedere una copertina di "Jours de France". Una trentenne molto ben vestita, ma molto ben vestita, con un incedere di gran classe, che si avvicina al gruppo.

"Mi segua."

"Dice a me?"

Carvalho ha guardato prima a destra e poi a sinistra, nel caso in cui la proposta della donna fosse rivolta a qualcun altro.

"Per favore. Mi creda, si accorgerà che ha molto più senso parlare con me."

"In questa casa comando ancora io!"

Il padre si è messo in piedi e il suo tentativo di mollare un pugno sul tavolo è rimasto a mezz'aria, perché è evidente che non c'è un tavolo. L'uomo ci rimane male e l'ultima arrivata approfitta dell'indebolita posizione del padre per prendere Carvalho per un gomito e farlo incamminare verso l'interno della casa. Deposita il detective in un living il cui arredamento è costato cinque milioni, escluse le zanne di elefante e un tappeto persiano senz'alcun dubbio magico.

"Vola?"

Carvalho indica il tappeto davanti alla perplessità della donna.

"Qual è la sua velocità di crociera?"

"Per favore. Mi dica che cosa vuole e mettiamo fine alla faccenda prima possibile. Tutto è nelle mani della polizia e non capisco il perché della sua intromissione."

"Lei è la primogenita?"

"Sono la figlia più grande. Ho un fratello maggiore che è al lavoro."

"Montse era la più piccola."

"Esattamente."

"La più viziata."

"Dalla mamma. Fin da piccola l'aveva protetta eccessivamente. Era una bambina delicata. Ha tardato a parlare come si deve. Il suo rendimento a scuola è stato sempre un disastro."

"E il suo?"

"Non è il caso di parlarne. Cerco di essere gentile. Ma deve tener presente che non sono tenuta a farlo."

"Perché l'hanno cacciata di casa?"

"La sua vita privata non era esemplare."

"Si drogava?"

"Tra l'altro. Be', quelle erano ragazzate. Ma d'un tratto si presentò con il pasticcio."

"Quale pasticcio?"

"È tanto difficile da immaginare?"

"Un bambino."

La donna così ben vestita chiuse gli occhi in cenno di assenso.

"Il padre?"

"Non ci interessava sapere chi fosse, e a lei nemmeno."

"Dov'è il bambino?"

"L'ho accompagnata a Londra."

"Ah."

"E al ritorno da Londra mio padre ha messo le carte in tavola. Le ha offerto di aprirle un'attività, di trovarle un posto in una delle nostre ditte, o di rimanere a casa o viaggiare per imparare le lingue."

"Non le interessavano le lingue?"

"No. E al primo sgarro, mio padre l'ha mandata via di casa."

"Cosa ha fatto?"

"Si è cacciata in una stupida faccenda. Uno di quei, come si chiamano?, pusher, un ragazzo di un gruppo teatrale dove si era infilata, li hanno beccati mentre fumavano, lui era un piccolo spacciatore, passò tre giorni in commissariato. È stata la goccia che fece traboccare il vaso."

Il signor Gispert ha fatto irruzione nel salone, prova la posa dell'arcangelo che espelle Adamo dal Paradiso.

"Fuori!"

"Se ne stava già andando, papà. Abbiamo parlato amichevolmente e il signore se ne stava andando."

C'è un contrasto fra il tono da pierre della bionda e l'insistenza dell'uomo in accappatoio che indica la porta d'uscita.

"Fuori."

"È proprio un'ossessione. Passa la vita a cacciare la gente in strada."

All'uomo trema il mento dalla collera, ma non più per Carvalho. L'ira gliela provoca la moglie vestita a lutto che a sua volta ha fatto irruzione nella stanza in cerca della lite rimandata.

"Sino alla fine dei tuoi giorni pagherai per avere cacciato tua figlia di casa!"

La bionda se ne va, elegantemente, come se non la riguardasse quanto sta accadendo nel living. Carvalho osserva i coniugi litiganti che si aggrediscono con un odio passivo quanto profondo. La donnetta fa un passo indietro e poi compie con decisione quei tre o quattro passi che la separano dal marito per dargli uno spintone che gli fa perdere l'equilibrio e lo trasforma in uno spaventapasseri in accappatoio che agita le braccia cercando dove aggrapparsi. Il vecchio recupera la posizione verticale e va verso la donna, sul cui viso lascia una sberla sufficiente a farle girare la testa. Ma non è più una donna, è un gatto vecchio e infuriato che pianta le unghie nella faccia del marito e gli vomita insulti da fogna di città gravemente inquinata.

"Mi permette? L'uscita è da questa parte."

Il maggiordomo autista lo costringe ad abbandonare il ring con un'amabile ma inappellabile proposta. Camminano in silenzio e si allontanano un po' alla volta le grida e i rumori della battaglia.

"Fanno sempre così?"

"A cosa si riferisce?"

"A quella coppia di vecchi che competono per il titolo mondiale dei pesi leggeri."

"Non ho visto niente. Non so di cosa parla."

"Lei è un bravo professionista."

Un ex cinema di puttane vecchie e anziane del dopoguerra specializzate in seghe, trasformato ora in spazio per le prove di gruppi di teatro indipendente, secondo i piani di azione culturale di un comune democratico disposto a ottenere che il teatro faccia dimenticare al pubblico il senso della mediocre commedia quotidiana. Gli attori si muovono molto e parlano poco e male. Nulla è più come prima, borbotta Carvalho. Dovrebbe tornare il teatro in versi. L'archeologia culturale va accettata e non mascherata da modernità. Gli attori provano un numero di teatro d'animazione stradale. Carvalho assiste allo spettacolo seduto su una sedia quasi unica nella disabitata cornice di un vecchio cinema che non riesce a credere in se stesso come teatro. Termina la prova e Carvalho si avvicina con calma al regista che sta correggendo uno degli attori. Si scambiano qualche parola mentre i figuranti corrono da un lato all'altro riprendendo il loro aspetto normale e il personale tecnico discute scenografie e costumi su grandi tavoli da disegno. Il regista annuisce e si mette in moto seguendolo. Indossa la divisa del menefreghista, anche se un'incipiente piazza contornata da lunghi capelli lo indica prossimo alla quarantina e, quasi senza scambiare altre parole, Carvalho e l'uomo si trovano l'uno di fronte all'altro, separati da un tavolo di marmo e due caffè fumanti.

"Montse Gispert lavorava nel suo gruppo teatrale quando rimase incinta."

"Come dice?"

"Che Montse Gispert lavorava nel suo gruppo teatrale quando venne ingravidata."

L'uomo passa dallo sconcerto a un certo rammarico.

"Ah, allora è stato per questo. Ora me lo spiego."

"Ora che se l'è spiegato a se stesso, ha qualche inconveniente a spiegarlo a me?"

L'uomo prende aria o prende memoria, ma lo traduce in ben poche parole.

"Montse sparì all'improvviso. Credevo che fosse arrabbiata con noi per via della punizione."

"Punizione?"

"Sì. Ebbene, è difficile da capire se non si conoscono le nostre abitudini. Il nostro gruppo è come una grande famiglia. Conviviamo, discutiamo quel che stiamo per fare, ci cuciamo da soli i costumi, facciamo le scenografie... Bisogna partecipare a fondo o il gruppo muore. Montse era molto particolare. Improvvisamente spariva per qualche giorno. Altre volte se ne stava troppo chiusa in se stessa. La punimmo assegnandole il botteghino per diversi mesi e un giorno non tornò. Io l'imputai alla punizione. Ma dev'essere stato per l'altra ragione."

"Era lei il padre?"

L'uomo lo guarda fisso e sorride con una certa tristezza.

"Non sono in grado di essere il padre di nessuno."

Si sostengono gli sguardi.

"Chi può essere stato, della compagnia?"

"Perché della compagnia? Abbiamo una sessualità libera."

"Poi Montse ebbe un altro problema per una faccenda di droga e questa volta sì che mise nei pasticci un vecchio compagno del gruppo teatrale."

"Recasens. Non perda il suo tempo a cercarlo. Lo abbiamo seppellito quindici giorni fa. Un cancro galoppante. Un gran bel tipo. Sprecato. Era un grande scrittore. Di fatto, è a lui che dobbiamo buona parte dei temi che trattiamo, ossia, del trattamento letterario dei nostri allestimenti."

"Poteva essere l'amante di Montse?"

"No."

Ha detto un no tassativo e continua a essere tassativo, ed è quasi di sfida lo sguardo con cui affronta Carvalho.

"No?"
"No."
"Non può aiutarmi al riguardo?"
"Mi spiace, no."
"Forse preferisce essere obbligato ad aiutare la polizia."
"Quando verrà la polizia, le dirò le stesse cose che ho detto a lei. Non so nulla."
Carvalho si congeda per strada dal suo poco loquace interlocutore. L'uomo torna in teatro. Carvalho aspetta qualche istante e poi lo segue. Il regista spinge con decisione le porte basculanti ed entra nella sala dove sono rimasti ad aspettarlo gli attori. Carvalho, dalla porta socchiusa, osserva come si muove. È andato direttamente da uno degli attori e ha bisbigliato qualcosa. Poi si sono parlati in disparte e c'è stata una certa sensazione di nervosismo tra i due uomini.

Il ragazzo cammina per le Ramblas con l'elasticità di un corpo ben educato. Attraversa plaza Real e va verso calle Fernando. Sceglie un portone e vi si tuffa deciso. Carvalho ne esamina l'interno. Non c'è portineria. Un citofono che il detective osserva con una certa irritazione. Attraversa la strada e inizia a fare la guardia di fronte al portone. Non tarda a riapparire il ragazzo con una valigetta da viaggio in mano e senza dare quasi tempo a Carvalho di reagire sale su un taxi parcheggiato sotto la minaccia della statua-pressepapier dedicata a Pitarra. Carvalho sale su un altro taxi e si dà inizio a un percorso per la città che sfocia nella superstrada di Castelldefels verso l'aeroporto. Il ragazzo ha pagato rapidamente il tassista ancor prima che l'auto si sia fermata, tant'è che salta e si introduce a passo veloce nell'hangar della navetta aerea per Madrid. Carvalho perde tempo pagando e poi corre per ritrovare il tempo perduto. Il ragazzo è davanti al banco della vendita di biglietti per la navetta e guarda diffidente intorno a sé. Deve aspettare il suo turno e a un tratto nota che Carvalho ha appoggiato i gomiti sul banco accanto a lui.

"Ha qualche inconveniente a parlare con me?"

"Perderei il posto nel prossimo volo."

Carvalho volge lo sguardo verso la zona d'imbarco.

"C'è poca gente e manca un po' di tempo. Non la disturberò a lungo."

"Aspetti che faccio prima il biglietto."

"Forse non le serve."

"Questi sono fatti miei."

Compra il biglietto di andata e quando ce l'ha in mano sopporta senza batter ciglio il commento di Carvalho.

"Non intende tornare?"

Va al check-in e ritira la carta d'imbarco.

"Sto per salire sull'aereo. Cosa vuole?"

"Montse Gispert era sua amica, no?"

"Era amica di tutti."

Carvalho gli guarda la patta.

"L'aveva messa incinta?"

"Senti tu, brutto ceffo, smettila di rompere, ma chi credi di essere?"

Carvalho prende per un braccio il ragazzo, che si contorce, si allontana d'un balzo e grida: "Ma cos'hai pensato, vecchio sporcaccione? Di primo mattino, e già ridotto così?".

I viaggiatori si voltano per osservare la scena.

"Va' al bagno a rinfrescarti le idee."

Con veloci falcate il ragazzo si allontana da Carvalho. Si è infilato nella coda di quelli che attendono di passare il controllo della polizia. Carvalho esita. Diversi occhi lo seguono ancora con attenzione. Vede impotente che il ragazzo supera il controllo ed entra, sembrerebbe sorridendo, nella sala d'imbarco. Carvalho si gira sui tacchi e s'imbatte nel commissario Contreras, che a due spanne di distanza gli sorride beffardo.

"Corra, corra, Carvalho, le scappa la preda."

"Gliela cedo, commissario."

“A me non interessa.”
Il commissario cambia espressione.
“L’avverto ancora una volta, Carvalho. Badi ai fatti suoi e non faccia lo smargiasso.”
“Grazie per il consiglio, commissario. So che lo fa per il mio bene.”
Il commissario lo guarda con aria di sfida, addirittura aggressiva, come se da un momento all’altro lo dovesse prendere a calci. Ma a poco a poco un sorriso gli si fa strada sulla faccia e dice: “Una cosa non avrei mai immaginato, che lei girasse negli aeroporti a fare le avance ai ragazzi. Vuole che l’arresti per atti osceni in luogo pubblico?”.
“Prometto di ravvedermi.”
Carvalho decide di metter tempo e distanza di mezzo. Saluta il commissario e lo lascia piantato e dubbioso nell’immensità della hall. Per poco tempo. Si avvicina al poliziotto una ragazza che gli parla e gli chiede qualche minuto di attenzione. Carvalho se ne torna da dov’era venuto e si posiziona a distanza sufficiente per ascoltare il dialogo. La ragazza gli offre la verità rivelata in un libro che gli porge.
“Le fonti della sapienza.”
Contreras ha tardato a reagire, ma si porta la mano alla tasca della giacca da dove estrae il distintivo della polizia. Senza dire nulla, lo colloca all’altezza degli occhi della ragazza.
“Anche a un poliziotto interessa raggiungere le fonti della sapienza.”
Cela la sua irritazione e si volta per trovarsi faccia a faccia con Carvalho.
“Facendo le avance alle ragazze?”
“È una fanatica di qualche setta.”
“Non sembra che il suo distintivo l’abbia molto colpita.”
“I tempi cambiano. Queste generazioni non rispettano nulla. Se dipendesse da me, li costringerei a fare tre anni di servizio di leva nella Legione, tutti quanti, maschi e femmine.”

L'Istituto femminile di educazione permanente ha trasformato il nome di Jordi Anfruns in un'insegna a lettere mobili attaccata a un murale dove figura l'intero piano di studi impartiti in un centro pensato affinché le mogli ricche e inquiete possano accrescere la loro cultura, a partire dal momento in cui il figlio minore compie i sei anni e può salire sull'autobus scolastico dal quale non scenderà che vent'anni dopo. Anfruns perora circondato da devoti silenzi: Un'udienza variopinta in cui predominano le donne giovani, ma dove non mancano avvizzite dame divorziate, ancora di bell'aspetto e vestite con un'elegante trascuratezza confinante con quella dei rocker cinquantenni. Anfruns sembra un magro impiegato con la forfora e unto nonostante l'estrema magrezza. Parla con la sicurezza di un predicatore in terra di missione.

"Come vi siete mascherati? Da poveri? Da ricchi poveri? Ma nudi, cosa sareste? Sareste poveri bipedi riproduttori portatori di sesso, portatori di aggressione. E questa capacità sessuale di aggredire viene modificata dalla cultura, ed è così che i barbari non esitano, aggrediscono, che il fascista è un aggressore sessuale e nelle statistiche sugli stupri sarebbe al di sopra di qualsiasi altro dogmatico. Quelli che meno fornicano? I liberali. Quelli che più fornicano? I fascisti. Qualche domanda?"

Una donna sulla cinquantina, molto nervosa, si alza, si schiarisce la voce, si esprime con difficoltà.

"Le vorrei chiedere... insomma... Lei ha parlato molto dei fascisti... e dei liberali, ma... i comunisti? Sono degli stupratori? Ossia, hanno in mente l'aggressione sessuale?"

"Lei è comunista, signora?"

La dama ha un sussulto.

"No! Dio me ne liberi!"

"Glielo chiedo perché, se lo fosse, capirebbe molto meglio la mia risposta. I comunisti sono capaci di misurare le loro pulsioni sessuali a seconda delle necessità del partito."

Qualche oh ammirato e timoroso nella sala, un annuire

da palco d'opera. Un'altra signora si decide tra esitazioni identiche a quelle della prima interlocutrice.

"Mi scusi... Vorrei sapere se si può stabilire una classifica a seconda dei mestieri... Quale mestiere è sessualmente più aggressivo? Perché a me è capitato una volta, insomma... un idraulico... molto insistente."

Un lampo di malizia appare sul volto di Anfruns rivolto ora a Carvalho, che se ne sta seduto tra il pubblico.

"Senza dubbio, parlando di mestieri, i più aggressivi sono i detective privati. Il tempo è finito. Il prossimo venerdì parlerò di 'Aggressività sessuale e imperialismo economico'. Quelli che non hanno completato l'iscrizione a questo corso possono farlo nell'ufficio del centro prima di uscire."

Sedie trascinate, mormorii o conversazioni franche, le facce sorprese che guardano Anfruns prevenute e affascinate. Infine rimangono soli Anfruns in cattedra e Carvalho seduto sulla sua sedia. Senza abbandonare la propria posizione, Anfruns domanda: "Come l'è parso?".

"Un po' schematico."

"Le idee fondamentali possono essere trasmesse solo così."

"Quello che non capisco è dove vuole andare a parare. Me lo dice?"

"All'uguaglianza di opportunità sessuali. È l'unica uguaglianza fondamentale per la realizzazione dell'uomo. Non è giusto che una parte dell'umanità fornichi a iosa e l'altra faccia la fame in questo senso."

"Lei, per esempio."

"Io sono al di sopra. Io ho una visione d'insieme e pertanto distaccata."

"E Montse?"

Anfruns esita, si concentra e le sue parole appaiono coperte da uno smalto evocatore, come se stesse richiamando dall'aldilà il passato della ragazza.

"Quando io la conobbi, era come un animaletto senza la consapevolezza del proprio potere, della propria generosità."

"Arrivaste ad avere rapporti personali?"

"La scoprii una sera in cui entrai per caso nello Scorpio. Mi ero tracciato una mappa della città allegra e fiduciosa e quella sera era la volta dello Scorpio. Le misi davanti agli occhi lo spettacolo della sua stessa corruzione e sulle prime mi respinse, addirittura mi prese in giro in pubblico facendomi guardare da tutti: Jordi Anfruns, sociologo. Ma poi ci vedemmo qualche altra volta e mi trattò con più rispetto. Ai giovani bisogna parlare con sincerità e chiedergli la levatura della responsabilità. Pensi fino a che punto avesse perso il rispetto di se stessa da prendermi per un morto di fame sessuale che la stava insalivando con le parole per portarsela a letto. E un giorno me lo propose. Mi pare, Jordi, che hai bisogno di sfogarti. Vuoi venire a letto con me? Lo sai che non lo faccio con chiunque. Mi emozionò. Lo nascosi, perché nel mio piano di rieducazione morale non c'è spazio per le concessioni emozionali, ma mi emozionò. Allora le dissi: il meglio che puoi fare per me è metterti in piedi, eretta, come un essere umano, e non muoverti su quel cubo come un fantoccio snodato."

"E lei cadde fulminata davanti alla grandezza della sua anima."

"Si mise a ridere, ma notai di averla impressionata, da allora mi prestò maggiore attenzione e addirittura le passai i miei scritti perché avesse tempo di leggerli in tutta calma e meditarli."

"Chieda un mutuo alla Banca catalana e metta su un convento."

"La religione è l'oppio dei popoli."

"Montse le ha mai detto qualcosa che oggi possa tornarci utile? Si è confidata? Le ha parlato di qualche timore?"

"No. Esattamente questo, no. Ma ricordo che una sera andai ad aspettarla all'ora in cui finiva di lavorare e la trovai più eccitata del solito."

È ancora Montse ad agitarsi sul cubo e a dondolarsi con l'altalena sopra le teste, i vapori, le luminosità rotte, le conversazioni gridate sotto lo strepito della musica. E poi è sempre lei ad andare, con lo stesso sorriso fisso, verso un tavolo dove Anfruns l'aspetta.

"Ciao, Jordi. Hai visto che serata. Auuu!"

Ha ululato come un cagnolino allegro e si lascia cadere stanca su una sedia. Da vicino, il trucco non riesce a celare una stanchezza di fondo e l'arrossamento degli occhi denuncia il sonno rimandato.

"Hai letto gli appunti che ti ho dato?"

"Auuu! Leggere? Arrivo a casa stanca morta, mi butto sul letto e mi sveglio quasi all'ora di tornare qui per il primo turno della serata."

"Lascia questo lavoro."

"Jordi, ragazzo. E cosa faccio? È tanto brutto quello che faccio? Spargo felicità. Mi muovo! Mi muovo! E chi vuole guarda e chi non vuole no."

"Dagli occhi degli uomini gocciola il desiderio e da quelli delle donne il disprezzo. Perché regali loro la possibilità di sentirsi migliori di te?"

"Tutti sono migliori di me. Chiedilo ai miei professori. Non avrebbero scommesso un soldo sul mio avvenire. I miei voti erano uno scandalo, se in un corso c'erano otto materie io venivo bocciata in dieci. Mio padre sperava di farmi fare un buon matrimonio, ma neanche a quello sono servita. Invece mio fratello e mia sorella sono esemplari: lui, il maggiore, è l'erede perfetto e mia sorella è donna Virtù di giorno e donna... insomma, lasciamo perdere. Le apparenze ingannano, Jordi. Ma un giorno scoppio e se questo succede gli schizzi sporcheranno più di una pelliccia di visone."

"Sapevo che mentiva. Che non sarebbe mai scoppiata. Che espiava un complesso di colpa per non essere stata all'altezza delle circostanze e che salire su un cubo e ballare era il suo unico modo di affermarsi. Non sapeva fare altro. Perciò io insistevo: se non usciva da quella gabbia d'oro non avrebbe mai potuto minimamente far emergere l'energia creativa che tutti noi abbiamo dentro. La borghesia ha diviso il mondo secondo i suoi interessi, ma non si è accontentata del mondo delle cose, ha voluto dominare anche quello delle persone. Ha fissato il lavoro, le classi, i ruoli sociali all'interno di un mostruoso sistema di produzione che le è favorevole. I marxisti chiamano questo sistema 'divisione internazionale del lavoro' quando fanno riferimento all'ordine internazionale e 'divisione del lavoro' quando fanno riferimento all'ordine sociale. Ma ai marxisti sfugge l'istinto di possesso, la latenza sessuale che pulsa sotto questa congiura tanto perfettamente razionalizzata. La faccia di Montse era quella di una schiava sessuale condannata vita natural durante dalla sua stessa classe sociale. Avrebbe dovuto vederla lì, così inerme, così vulnerabile. Mi muovo. Mi muovo. Diceva e stava affondando, affondando."

Si è rotto l'incantesimo e di nuovo Anfruns, come se si svegliasse da un sogno, torna nella sala dove tiene corsi accelerati di sessuologia, torna a Carvalho, che lo osserva con un certo disinteresse.

"Capisce? Chi vuole guarda e chi non vuole non guarda. Era una liberale. Nella sessualità era superficiale. Verbale."

"Vale a dire, che non è voluto andare a letto con lei."

Con un certa amarezza ma con orgoglio, Anfruns confessa: "Il destino di Anfruns è trasformare la vita degli altri, anche a costo di non vivere la propria".

"È stato lei a ucciderla?"

Un silenzio lungo, sul volto di Anfruns passano la sorpresa, l'esitazione, lo sdegno.

"Non faccia domande stupide da romanzo giallo. Ho passato l'intero pomeriggio in commissariato a rispondere a quell'asino, Contreras, e a due ragazzotti che avevano imparato il mestiere dai film di serie B fatti con quattro soldi. Non erano nemmeno in grado di cogliere la mia ironia, il mio disprezzo. Per il momento non cercano me, ma mi tengono come riserva e se non trovano un colpevole verosimile mi prenderanno e metteranno le cose a tacere finché il caso non sarà dimenticato. Non mi piace finire in galera, nemmeno in modo provvisorio."

"Anfruns, lei è di buona famiglia?"

"Sì. Come l'ha capito?"

"Dal suo modo di disprezzare. È una cosa che si succhia dalla culla."

Carvalho di nuovo in aeroporto. Comportamento automatico di un viaggiatore fra i tanti sull'aereo-navetta. Seduto al suo posto, apre la borsa da viaggio ed estrae un pacchetto avvolto in carta stagnola. Lo apre e appare un fiammante panino che comincia a mangiare con appetito davanti allo stupore di chi gli sta seduto accanto e alla sorpresa della hostess. Carvalho interrompe la masticazione per spiegarsi con il vicino.

"Panino 'señora Paca'. L'ha mai assaggiato?"

"No. Confesso di no."

"Lo faceva mia nonna. Pesce fritto freddo e spinato, il più indicato è il nasellone, melanzane fritte senza infarinarle, peperone fritto e il pane sfregato con il pomodoro, naturalmente."

"È tipico della Catalogna?"

"Xarnego. Rigorosamente xarnego, ossia rigorosamente frutto dell'apporto dei migranti in Catalogna. È la Catalogna a metterci il pane e pomodoro e mia nonna, che era di Murcia, ci mette tutto il resto. Ogni volta che viaggio con l'Iberia mi porto dietro uno dei questi panini. Così riesco a superare la depressione da succo d'arancia aereo."

L'hostess porta a spasso in quel preciso momento il vassoio pieno di succhi d'arancia. Il vicino di Carvalho accenna a prenderne un bicchiere.

"Ma cosa fa?"

"Ho sete."

"Chieda dell'acqua. Ho il sospetto che tutta l'aranciata servita dall'Iberia provenga da uno di quei giacimenti di arancia sintetica abbandonati dalla divisione Condor durante la Guerra civile. È una sottile miscela di aniline e colle per creare una pellicola interna che va dal palato fino allo stomaco per fomentare in tal modo l'operazione del mangiare. È una cospirazione: si comincia con l'aranciata dell'Iberia e si continua con gli hamburger industriali, gli hot dog, il ketchup. Non solo creano addizione, ma ledono i cromosomi del palato e le nuove generazioni nascono già con il senso del gusto atrofizzato. Lei ha figli?"

"Sì."

"Suppongo che ormai siano grandi."

"Sui vent'anni. Dai quindici ai ventitré. Non solo mangiano gli hamburger, ma addirittura li preferiscono a qualche piatto più complicato."

"Tutto ebbe inizio il giorno in cui lei accettò un'aranciata dell'Iberia."

C'è allarme nello sguardo sospettoso che l'uomo rivolge più a Carvalho che alle sue argomentazioni. Finge di immergersi in una delle pagine più insignificanti del giornale, ma di tanto in tanto spia con la coda dell'occhio quel che il detective può fare o disfare.

Ormai a Madrid, Carvalho inizia una ricerca nei luoghi di riunione. È al Boccaccio che vede l'attore fuggitivo circondato da un gruppo di giovani attori. Carvalho rimane nel buio del salone, e ormai verso l'alba segue il ragazzo fino al suo domicilio in una vecchia casona del quartiere Ópera. Carvalho si cerca una stanza all'Hotel Ópera e il giorno dopo monta la guardia in una taverna da cui si vede il portone dove si era infilato il suo inseguito. Infine prende una decisione. Attraversa la strada, chiede a una donna che scende le scale e si pianta davanti a una porta anonima che apre con il chiavistello. Un piccolo appartamento abbandonato, quasi senza mobili, qualche poster di rocker alle pareti, qualche locandina di teatro e su un paglierìccio il ragazzo che sembra dormire. Carvalho gli si avvicina e toglie rapidamente le coperte. Il corpo non si muove. Carvalho si avvicina ancor di più e gli osserva la faccia, gli occhi dilatati dal terrore e dalla morte, i segni dello strangolamento nel suo collo da bambino invecchiato e magro. Nausea e preoccupazione sulla faccia di Carvalho nel momento di coprire il cadavere, subito dopo si mette dei guanti e inizia un'ispezione meticolosa dell'appartamento. Controlla con particolare cura la giacca del morto. Ne apre il portafoglio. La carta d'identità e basta. Da una tasca estrae duecento pesetas. Carvalho è dubbioso e perplesso. Si mette di nuovo davanti al cadavere e mormora: "Povero imbecille".

Ma non fa in tempo a proseguire la sua meditazione elegiaca. La stanza si riempie di poliziotti che gli gridano isterici, a gambe larghe e con il pistolone tenuto con entrambe le mani. E non solo gli gridano, ma lo spingono e gli assaggiano lo stomaco con un pugno che gli distrugge la verticale e la dignità. Riesce a sovrapporsi allo stordimento e annuncia la sua condizione di detective. La situazione non migliora. Adesso gli sfiorano la faccia con la punta della pistola.

"Un annusapatte. Cosa facevi qui dentro? E questo, cos'è?"

Questo è un chiavistello. Non ritiene necessario dirlo perché è evidente, ma il poliziotto sbruffone ha bisogno di mettere nomi alle evidenze.

"Dimmi che cos'è o ti faccio ingoiare la pistola."

"Dalla forma mi sembra un chiavistello."

"Adesso ti spacco il fegato, figlio di puttana."

Un compagno d'armi ma non di grida non gli lascia mantenere la promessa e spinge Carvalho più per allontanarlo dal cerchio di minacce che per portarlo via. Poi, nell'auto civetta, il comportamento cambia. Gli offrono una sigaretta e ancor prima di raggiungere il commissariato gli hanno già chiesto se fosse vero che per fare il poliziotto in Catalogna bisogna imparare il catalano.

"Sapete cosa vi dico? Che prima che mi spediscano nel Paese Basco per fare da bersaglio a quelli dell'Eta in tutte le sue varianti, preferisco addirittura imparare il catalano."

Contreras è collerico. Gira intorno alla sua scrivania o intorno alla sedia dove se ne sta seduto Carvalho, rassegnato davanti al torrente di parole e accuse già straripatogli addosso e che sta per straripargli addosso di nuovo.

"Non si inganni. Il responsabile di questa morte è lei. Se non avesse messo l'assassino sulle tracce di questo ragazzo, il poveretto sarebbe ancora vivo. Si crede forse Superman? Perché non lascia lavorare la polizia? Crede che non lo sapessimo già che il ragazzo aveva avuto relazioni intime con Montse Gispert?"

"Che tipo di relazioni?"

"Vuole che le spieghi i dettagli? Non può immaginare che tipo di relazioni intime hanno un ragazzo e una ragazza alla fine del Ventesimo secolo?"

"Vi furono conseguenze?"

Il commissario ferma le sue passeggiate e osserva Carvalho, all'erta, come se il detective gli stesse procurando un elemento nuovo.

"Come dice?"

"Molte volte le relazioni intime tra un ragazzo e una ragazza, persino alla fine del Ventesimo secolo, hanno conseguenze."

"Lei che ne sa?"

"Nulla che lei non sappia. Suppongo. Come vuole che un detective privato sappia più di un professionista della polizia? I suoi amici madrileni si sono prodigati, dandomi una lezione di umiltà."

"Non faccia lo spiritoso. L'ho tirata fuori da un bel guaio perché la polizia di Madrid la voleva tutto per sé. Ha una scheda da paura. Dove vuole andare a parare con le conseguenze delle relazioni intime?"

"Era un'ipotesi di lavoro."

"Ficchi il naso in lavori più decenti e lucrativi. Chi è il suo cliente?"

"Segreto professionale."

"Anfruns. Non faccia il furbo. Quanto pensa di incassare da quel maniaco?"

"La sociologia sessuale ha molto successo e per giunta lui è di buona famiglia."

"Il signor Gispert non la perdonerà se si spifferano troppe indiscrezioni sulla faccenda, e lui continua a essere un uomo molto influente. La gente influente lo è sempre, è una lezione che le conviene imparare. Anfruns è un assassino fatto su misura e uno di questi giorni perderò la pazienza con lui e con lei, signor Carvalho."

Il detective conosce le reazioni di Contreras quando diventa vittima della propria retorica e lo lascia parlare. Ma poi, ormai in strada, nota un freddo interiore, il sospetto di non camminare a passo sicuro, di essere un po' soverchiato dall'ombra di Anfruns. Un cliente è come un'ombra che segue e spalleggia le tracce di chi fiuta e alle sue spalle Carvalho nota il freddo della scarsa presenza di Anfruns, della sua precaria consistenza. In ufficio quasi non presta attenzione alle dodici chiamate di Charo che Biscuter ha continuato a immagazzinare con la sua grafia da bambino dell'asilo, oltre a un'avvertenza finale dove gli dice di essere andato in un ospedale a visitare una zia malata, appena operata di ernia. Gli secca che Biscuter abbia zie appena operate di ernia. Gli sembra tanto sconveniente quanto frivolo avere zie appena operate di ernia, ed esprime il suo cattivo umore facendo a pezzi i messaggi tramati fra Charo e Biscuter. Localizza Anfruns nella sua scuola per postmaritate con problemi di identità. Gli dà appuntamento per incontrarlo in territorio propizio.

"Perché non viene a casa mia, a Vallvidrera? La invito a cena."

"A condizione che sia una cena frugale e con pochi grassi. Una cena che possa ingerire un pedone della storia e della gastronomia."

"Sarà una cena rigorosamente pedonale. Ma rispetti la mia intenzione di non mangiare qualcosa di schifoso per quanto edificante esso sia."

Carvalho ha avviato la macchina italiana per fare la pasta. Cominciano a uscire i fili degli spaghetti e il detective li taglia a mano a mano che raggiungono la lunghezza conveniente. Esce nel giardino di casa, strappa qualche foglia di basilico che cresce in un vaso e di nuovo in cucina insieme alle foglie con pinoli, aglio, olio, pepe, sale, in un bicchiere del frullatore. Prepara la salsa. Mette a bollire la pasta e intanto lavora a un saltimbocca. Lamine di carne di maiale con fette di prosciutto e una foglia di salvia, il tutto tenuto insieme da uno stuzzicadenti e passato in padella. Entra in sala da pranzo con il vassoio pieno di spaghetti fumanti e con la pentola coperta dove riposa il saltimbocca. A tavola, come unico commensale, l'attende Anfruns. Osserva con diffidenza i piatti.

"Droga."

"Leggera o pesante?"

"Il cibo è sempre una droga pesante."

"Ma è la sola che si degusta."

"Un sintomo della crisi di valori del nostro tempo è l'estremo interesse per la gastronomia."

"Non lo metto in dubbio."

"Sono molto buoni," ammette Anfruns dopo essersi portato alla bocca i primi spaghetti arrotolati intorno alla forchetta. Il pasto ha luogo in silenzio e Carvalho nota con un certo disagio quanto poco mangi Anfruns.

"È anche al di sopra del cibo?"

"Sì."

"Vorrei farle qualche domanda su Montse."

"L'ho ingaggiata perché faccia domande agli altri, non a me."

“Ma lei ha avuto una relazione molto stimolante con la ragazza. Una relazione da confessore, o qualcosa di simile. Deve averle detto qualcosa sulla sua vita privata. Sulle altre sue relazioni. Inoltre, lei è un sessuologo. Devono aver parlato per forza di sesso e di amore. Le disse mai che era stata sul punto di essere madre?”

“Sì.”

“Di avere abortito a Londra?”

“Sì.”

“Che opinione aveva della sua famiglia?”

“Montse non aveva opinioni, cioè, non aveva opinioni critiche. Quando parlava di suo padre diceva: povero papà o di sua mamma diceva: povera mamma. Come se li compatisse.”

“E cosa diceva della sorella o del fratello?”

“Niente. O ben poco. Cantava.”

“Cantava?”

La sorpresa di Carvalho spinge Anfruns a sognare a occhi aperti. Rimane a contemplare un punto remoto e gli appare Montse vestita da gogo-girl, con il suo perenne sorriso notturno intenta a dire: “Mia sorella?”.

Montse ride brevemente e poi fissa Anfruns mentre canta:

Sei come la rosa di Alessandria
bruna graziosa di Alessandria.
Rossa di notte bianca di giorno
bruna graziosa bianca di giorno.

L’incantesimo si è rotto, forse perché la canzone è stata colta da Carvalho il quale, dopo essersi pulito le labbra con il tovagliolo, mormora: “Come la rosa di Alessandria. Rossa di notte, bianca di giorno. Questa musica l’ho già sentita. Le è sfuggita durante la precedente conversazione a proposito di Montse. Parla chiaramente di un doppio comportamento e a quanto pare Montse aveva una certa reticenza nei confronti del doppio modo di agire della sorella”.

"Sì. Adesso capisco che sì, c'era un po' di reticenza."

Hanno bussato alla porta e Carvalho controlla dalla finestra chi è l'inattesa visita. L'amministratore Fuster rimane accanto alla porta, passandosi le mani sulla piccola chioma bianca e affilando lo sguardo perspicace e chiaro per capire se sia stato Carvalho ad affacciarsi alla finestra. Finge una necessità fugace e molta fretta quando Carvalho l'avverte della presenza di uno scienziato.

"Ti farà piacere conoscerlo. È un sociologo sessuale."

"No. Incredibile. Mi mancava nella collezione."

"E ci sono anche splendidi avanzi di spaghetti al pesto e saltimbocca."

"Vino?"

"Il Raimat Cabernet Sauvignon."

"Adoro cenare due volte."

Non è nelle corde di Anfruns che qualcuno complichi l'incontro personale con Carvalho, perciò il sociologo manifesta il suo rifiuto predicendo i tremendi guai a cui si va incontro mangiando cibo riscaldato. Tutte le tossicità si moltiplicano per mille, e quel che di per sé era già un'aggressione al corpo, diventa un autentico suicidio. "Continuo a suicidarmi fin dalla più tenera infanzia," argomenta Fuster davanti alla silenziosa compiacenza di Carvalho e alla tesa freddezza di Anfruns, che diventa ira contenuta quando viene a sapere della professione di Fuster.

"Un amministratore! Un lavoro inutile. Un intermediario tra due ladri accumulatori: borghesia e stato."

Il regista teatrale apre la porta del suo appartamento. Porta un sacchetto con la spesa e pronuncia un nome a voce alta.

"Ferrán? Sei qui, Ferrán? Ho comprato qualcosa al supermercato."

Si comporta meccanicamente nel suo spazio abituale.

Lascia la spesa in cucina, si leva la giacca e l'appende, si passa una mano tra le chiome che gli pendono alle tempie.

"Ferrán? Dove si sarà cacciato. Non è mai in casa. Un giorno di questi mi incazzo e gli faccio vedere..."

Ma a vedere è lui. E vede Carvalho seduto su una poltrona, rilassato, osservatore, ironico.

"Lei? Che cosa fa qui? Chi le ha aperto la porta? Ferrán?"

"Chi è Ferrán?"

"Non è stato Ferrán? Chi le ha aperto la porta, allora? Lei? Questa è un'infrazione."

"Parla come un avvocato. Ultimamente ho il vizio del chiavistello."

"Se ne vada da dove è venuto."

"Deve spiegarmi alcune cose, per esempio perché ha avvertito il suo collega del fatto che mi aggiravo cercando informazioni e lo ha spedito a Madrid?"

"Io non l'ho spedito a Madrid. Gli ho detto che cosa stava accadendo, è stato lui a decidere."

Carvalho si è messo in piedi e si è avvicinato all'uomo, gli ha passato una mano sul viso e l'altro gliel'ha scostata disgustato. Ma Carvalho gli ha preso di nuovo il viso e lo ha avvicinato al suo.

"Adesso sputi fuori tutto quello che sai sulla faccenda dell'aborto di Montse."

"Non so nulla e non mi tocchi. Non faccia il gradasso."

Carvalho lo spinge e l'altro va a sbattere contro il muro, con la faccia terrorizzata e gli occhi in cerca di un qualsiasi aiuto possibile.

"Per colpa tua hanno assassinato quel ragazzo."

"Io non so nulla. Volevo solo aiutarlo. Se la polizia veniva a sapere dell'aborto sarebbe diventato il sospettato numero uno."

"Potresti dirmi qualcosa su chi era interessato a far fuori prima Montse e poi il suo amante."

"Non so nulla."

Diventa isterico e grida: “E non mi dia del tu, cazzo! Fanfarone di merda!”.

Carvalho gli si avvicina di nuovo con aria minacciosa ma ascolta rassegnato il rumore della porta che si apre.

“Ferrán!” grida disperato il regista teatrale e se la svigna mentre corre verso la porta dove si ammucchia la statura di un gigante che contrasta con la fragilità dell’altro.

“Butta fuori questo schifoso! Mi stava maltrattando.”

Carvalho si ricompone, mentre Ferrán avanza verso di lui con un’espressione concentrata. Quando ormai li separa appena solo mezzo metro, Carvalho sorride.

“Accidenti, Ferrán. Quanto tempo senza vederti.”

Il gigante si ferma, perplesso, pensa un attimo se quel che gli è stato appena detto da Carvalho abbia un senso, ma il detective non gli lascia il tempo di pensare e gli molla una ginocchiata nelle parti basse che lo piega in due. Ansima, respira profondamente rattrappito su se stesso e riceve un calcione in faccia che lo abbatte. Carvalho gli passa sopra, ma quando sta ormai per superarlo, il gigante gli afferra un piede e lo getta a terra. Il groviglio dei due corpi è colto dal regista per cercare di colpire istericamente Carvalho, cosa che non sempre gli riesce. Il detective ha estratto una pistola e spinge la punta della canna sul pomo di Adamo di Ferrán, che resta immobile. L’immobilità si contagia al regista.

“Sono stufo! Stufo di tutti! Così mi ripaghi di tutto quello che ho fatto per te?”

L’isteria del regista è indecifrabile per Carvalho ma mette doppiamente all’erta l’espressione di Ferrán, attento alle parole del suo amico e alla pistola di Carvalho. Il detective ricompone la propria figura e va verso la porta senza voltare le spalle.

“Sto parlando a te. Attento a quello che fai. Ci sono già stati due morti e il terzo puoi essere tu.”

Il regista rabbrividisce e guarda con identico panico Carvalho e il suo accompagnatore.

La sorella di Montse entra nella cucina all'americana di casa sua. Vi si trovano dei bambini d'oro fatti con amore, che finiscono la colazione con amore preparata da una domestica che si dà da fare in cucina.

"Avanti, fate in fretta, che sta per passare lo scuolabus."

La porta basculante si apre per far entrare un aitante uomo nell'autunno della vita degno della réclame di un dopobarba. Esce dall'attenzione assorta con cui controlla certe carte per dare baci meccanici ai bambini, alla moglie e chiedere: "Un caffè ristretto e una fetta di pane tostato, Amparo".

Si siede a tavola e continua a osservare le carte interrompendosi solo per sgridare i ragazzini, che si sono impegolati in una discussione di poco conto. I bambini finiscono di fare colazione, suona un clacson, escono di corsa con le cartelle dopo aver baciato precipitosamente i genitori. Poi l'uomo finisce a sua volta di far colazione. Dà un bacio alla moglie e risponde senza fermarsi alla domanda che gli viene rivolta.

"Ricordi che ceniamo con i Dotras?"

"Accidenti. Me n'ero dimenticato."

"Se vuoi invento una scusa."

"Sì."

"Vieni a cena?"

"Non so. Ti chiamo."

La donna rimane per un momento da sola. Un'infinita stanchezza si è impadronita di lei. Finisce di bere il contenuto di una tazza. Poi va nella sua stanza. Si sistema ed esce in tutta fretta in cerca dell'auto che l'aspetta nell'enorme autorimessa della villa. La macchina scende lungo una stretta strada privata; a un tratto la donna accosta, apre il vano portaoggetti e ne estrae una parrucca bruna e un paio di occhiali da sole, li indossa. Rimette in moto la macchina e la guida fino ad addentrarsi nella città e a sistemarla in un parcheggio. Scende e corre verso un ascensore del parcheggio che la lascia a un piano dell'edificio. Si toglie gli occhiali da sole e il suo gesto di preoccupazione si diluisce per essere sostituito da un sorriso franco, di resa.

"Sei già qui."

È già lì. Ferrán. Seduto su un divano, con una vestaglia di seta. Si alza e si lascia baciare e abbracciare dalla donna desiderosa, come se fosse pronta a placare una lunga sete rimandata. Ma dopo averle consentito il primo sfogo, l'uomo l'allontana prima soavemente, spingendola con entrambe le braccia, poi l'allontana del tutto con una spinta.

"Che ti succede?"

"Cosa mi hai portato?"

L'inquietudine apparsa sulla faccia della donna fa strada a un sorriso che annuncia un indovinello e sicurezza in se stessa. "Allora è di questo che si tratta? Fai tutto per interesse." Gli becca il corpo con i suoi baci e corre dove ha lasciato la borsa da cui prende un pacchettino. Ferrán lo apre con le sue dita grosse e lunghe e appare un orologio postmoderno, leggero e di plastica.

"Non è bello? È carinissimo. Me l'ha portato mio marito dal suo ultimo viaggio a New York. Mettilo. È carinissimo."

Non è soddisfazione quello che esprimono le muscolature ammucchiate nel viso di Ferrán. Scaglia l'orologio contro la parete e si siede sul letto come se si disinteressasse della situazione. La donna guarda l'orologio in frantumi in un angolo della stanza e l'uomo che si contempla le unghie della mano, come se le vedesse per la prima volta. "Perché mai questo gesto da selvaggi?" cerca di ragionare lei. "Te l'ho portato con tutta la gioia di questo mondo. Lo so che non è un orologio costoso, ma te l'ho regalato con tutto il cuore. Cosa volevi, un Rolex?" Lui inarca un sopracciglio e commenta: "Per esempio".

Lei si indigna, grida, accenna ad andarsene, ma torna accanto a lui in cerca di spiegazioni definitive e quando l'uomo comincia a spogliarla a manate e utilizza poi le mani per impadronirsi delle sue zone più tenere, capisce di nuovo che Ferrán è come un grosso bambino e si lascia trattare dalle sue manone come se fosse creta in cerca di un'altra forma definitiva.

Il regista cammina pensieroso per il parco Güell. Si rifugia, più che sedersi, come se avesse freddo, su una panchina decorata da pezzi di ceramica. Ha i brividi. Poi abbandona il posto e scende nel recinto delle colonne che sorreggono la piazza. C'è in lui una specie di voglia di perdersi nel bosco di colonne asimmetriche e la voglia si spezza quando suona la voce di Carvalho e subito dopo appare il detective da dietro una di esse.

"A spasso?"

L'uomo retrocede con il viso allarmato.

"Non si spaventi. Non è di me che deve aver paura."

"Mi lasci in pace."

"Lei è in pericolo."

"In pericolo, io? Perché mai?"

"Perché sa troppo."

Il regista si guarda intorno, come se si sentisse braccato.

"Posso aiutarla."

"A far cosa? Aiutarmi a cadere o a impiccarmi, ecco cosa può fare per me."

"Posso aiutarla a salvarsi la pelle."

Il regista chiude gli occhi, sussulta e scoppia a piangere.

"Se vuole, le racconto una scena che sta accadendo all'altro capo della città. Una donna giovane e bellissima, madre di famiglia benestante, figlia di famiglia benestante, sta vivendo un appuntamento clandestino con il suo amante, è una situazione ripetuta e ripetibile, vecchia come la storia dell'infedeltà. Lei è infedele al marito e non glielo terremo in conto perché entrambi sappiamo che un marito somiglia al più noioso degli animali domestici. Mi sbaglio?"

"Non ho marito."

"Mi preoccupa di più l'infedeltà di lui. Diciamo che è un uomo dal comportamento sessuale atipico. Checca a quasi tutte le ore del giorno, tranne di tanto in tanto, come se cercasse di dimostrare a se stesso o agli altri che lui è capace di tutto. Come si sono conosciuti?"

"Si riferisce a lui e a lei?"

"No, mi riferisco a lei qui presente e al suo compagno, a Ferrán."

Nell'incapacità di rispondere, il regista sceglie di mettersi a camminare con una lentezza sufficiente a consentirgli di pensare mentre Carvalho segue i suoi passi.

"L'ho conosciuto come si conosce questa gente. La notte complica la solitudine, come ha scritto qualcuno, e ci sono notti che esci in giro rosso dalla voglia e pallido di solitudine. Brace. Ghiaccio. In una sola persona. Lui era al Jazz Colón e portava una camelia di carta all'occhiello di una giacca a buon mercato e stropicciata. Teneva una mano abbandonata, penzoloni, come se fosse un avanzo del corpo e io gliel'ho presa per percorrere con i miei polpastrelli le ramificazioni azzurre delle sue vene..."

Che pazienza bisogna avere con questi artisti, pensa Carvalho, mentre il regista teatrale continua a rievocare la notte più lunga e più bella della sua vita. Un cittadino normale me l'avrebbe riassunto in venti parole e questo qui, questo qui ha bisogno di un monologo di Tennessee Williams o di qualcuno del genere. Ma Carvalho era sulla buona strada. Il regista gli era profondamente grato per lasciargli recitare il suo monologo dell'amante mal riamato.

La sorella di Montse Gispert si sveglia di colpo e si solleva sul letto. Rimane nuda dalla vita in su; guarda allarmata l'orologio appoggiato sul comodino e salta giù dal letto.

"Sono le sei!"

Ferrán si rigira tra le lenzuola e apre gli occhi.

"I ragazzi saranno già tornati da scuola!"

Ferrán sbatte le palpebre e quando apre gli occhi vede la donna infilarsi il vestito dalla testa e mettersi subito dopo la parrucca e gli occhiali da sole. Si china sul letto, bacia le labbra dell'uomo e poi il petto potente.

"Ti chiamerò. Fa' attenzione."

"La farò. Ma tu non raccomandare prudenza agli altri, sei tu ad averne bisogno."

Allora lei gli bacia con dolcezza le labbra, ma lui le trattiene un seno con una mano mentre le morde il labbro inferiore.

"Lasciami andare. Faccio tardi."

"Dimmi prima che ti è piaciuto."

"Mi è piaciuto tantissimo."

"Di' che sono il più bravo scopatore che te l'ha mai messo dentro."

"Non fare il ragazzino."

"Dillo."

"Sei il più bravo scopatore che me l'ha mai messo dentro."

"Sei un maschione con due palle gigantesche. Dimmelo. Dimmi: sei un maschione con due palle gigantesche."

"Sei un maschione con due palle gigantesche."

C'è soddisfazione in Ferrán quando libera il seno e si sistema sul letto con le due mani dietro la nuca, contemplando ora il soffitto come se fosse in attesa dell'inizio di un programma televisivo emesso dalla plafoniera. Alla donna fa male il seno appena recuperato e non sa se piangere o spogliarsi di nuovo per fare ancora l'amore. L'indifferenza di lui la riporta alla sensazione di urgenza. Torna in macchina, controlla il proprio aspetto nello specchietto retrovisore ed è soddisfatta del raggiunto anonimato. È chiaro che qualcuno sarebbe in grado di riconoscere l'auto, ma lei potrebbe dire di averla prestata a un'amica, a Cuca Freixat, per esempio, la conosci, Cuca Freixat. Cuca Freixat non esiste, o forse sì? Lei, come si chiama per davvero quando è a letto con Ferrán? In realtà sono tre persone, si dice e si vede come un'idra dalle tre teste. La madre di famiglia, la parrucca che va all'incontro con l'amante e la donna senza volontà che si caccia a letto con un magnaccia di merda. Magnaccia di merda. Magnaccia di merda! Grida nella solitudine dell'auto quando nel cervello le riappaiono scene di recenti umiliazioni. Ma nel togliersi gli occhiali da sole e la parrucca le si cancellano i pensieri sconvenienti e ritrova le maniere da first lady della sua commedia familiare. È questo il suo aspetto quando minuti dopo sbaciucchia i bambini tornati da scuola e chiede a una domestica se il signore ha chiamato.

"Sì. Ha chiamato e ha detto che non viene a cena."

Si mette a guardare insieme con i figli un programma televisivo per bambini. Suona il telefono. Prende automaticamente l'apparecchio, senza distogliere gli occhi dallo schermo, ma li ritrae e si concentra al punto di afferrare la cornetta con entrambe le mani quando riconosce l'interlocutore.

"Lei? Le ho già detto tutto quel che avevo da dirle. Non posso. Adesso non posso. Stasera? Non può essere in un posto un po' più in centro? Alle nove. D'accordo."

Attacca il telefono. Calcolo e allarme nella sua espressione. Si decide finalmente e fa una telefonata. Riconosce, all'altro capo della sua ansia, la voce del compagno di appartamento di Ferrán e mette giù. Ferrán non deve essere arrivato e l'ora del suo appuntamento con Carvalho si avvicina. Prende infine la decisione di scavalcare le ripetute prudenze e decide di fare il numero di Ferrán. Di nuovo la voce dell'altro, ma questa volta nulla la trattiene e gli chiede di comunicare a Ferrán che le cose si sono complicate e di presentarsi all'appuntamento che gli dà. Obbliga l'altro a ripeterle per filo e per segno quanto gli ha detto e le sue mani e le sue gambe volano per trovare tutto ciò che le serve per recarsi a un incontro che teme. Accentua il mascara, il rossetto pallido sulle labbra, sceglie un pullover più attillato, un giaccone corto e morbido che l'aiuti a mettere in mostra il corpo e si mette di nuovo al volante dell'auto, con la meditazione in sospeso che le rimanda lo specchio. Chi sono adesso? Quale delle tre? È una domanda che l'accompagna da tanto tempo; fin da bambina tutti le avevano vaticinato un ruolo di ragazza quasi perfetta, bella, intelligente, responsabile, in contrasto con l'inutilità della sorella.

"Montse, guarda un po' tua sorella. Cosa ti costa somigliare a lei?"

E prendeva quello status di preferenza come qualcosa di naturale, senza rimorsi davanti alle depressioni di Montse, che la vedeva come una dea tirannica e adorabile. Ebbe qualche rimorso solo nel momento di identificare il cadavere in compagnia del padre. Rimorso o paura. La luna sembra aspettarla in cima a Montjuïc, ferma esattamente sopra i parallelepipedi irreali, seppur precisi, del museo che contempla la città come se l'avesse inclusa nel catalogo della sua collezione. C'è qualcosa di fantasmagorico nella scenografia in cui passeggia, lento ma deciso, un uomo solo.

La Fundación Miró conserva una strana luminosità lunare. Come se la sua architettura bianca fosse accentuata dalla luminosità della luna. La donna accosta l'auto e parcheggia. Carvalho l'aspetta in fondo alla rampa di accesso alla Fundación. La donna chiude la portiera della macchina e gli si avvicina con la domanda ormai sulle labbra.

"Dà sempre appuntamenti in luoghi solitari?"

"Solitari? Le ho dato appuntamento nella splendida cornice per la fine di una farsa o di una tragedia, scelga lei. Ma camminiamo. È una serata da finale cinematografico."

"Ho freddo."

"Le passerà camminando."

Passeggiano in silenzio verso i giardini circostanti. La donna coglie l'intenzione di Carvalho di allontanarla dalla strada e guarda furtivamente in ogni direzione.

"Adesso che siamo soli potrebbe raccontarmi tutta la verità."

"Quale verità?"

"La verità su sua sorella. Sua sorella non era mai stata incinta. È stata lei ad andare a Londra ad abortire e sua sorella l'ha accompagnata."

"Se sa già tutto, perché dovrei parlare?"

"Lei è una signora ben sistemata, sposata, con figli, rispettabile e a un tratto, zacchete, rimane incinta in circostanze sospette."

"Sono sposata ed è normale che rimanga incinta."

"Normalissimo, ma non per suo marito, con il quale non ha rapporti intimi da anni. Allora va dalla sorella traviata e le chiede di aiutarla, di essere lei a farsi carico del problema. In fin dei conti lei è già la pecora nera, cacciata via dalla famiglia."

"Non è tanto semplice."

"Senza dubbio."

"Lei era in parte responsabile di quanto mi era accaduto."

E nella bocca della donna inizia il racconto della sua falsa fuga. Della sua sensazione di donna semiabbandonata che si affaccia al mondo della sorella. Che esce di notte per vedere come si muove. Che si ubriaca. Che prende parte a una baldoria con gli amici della sorella e si sveglia un giorno tra le braccia di un attoruncolo in un appartamento sconosciuto o tra le braccia di Ferrán, mentre il regista scoppia in una crisi di gelosia e Montse ride, ride perché crede che la sorella può essere felice lontana dalle restrizioni della solita vita. E quando lei le comunica: "Sono incinta".

"Vuoi tenerlo?"

"No."

"Che vuoi fare?"

"Tu cosa pensi? Ma come trovo un pretesto per uscire dalla Spagna per organizzare un aborto fuori? Enrique mi tiene d'occhio. Sarebbe ben contento di trovare un motivo legale per la separazione. Montse, ascolta, ho pensato che tu..."

Montse si sorprende, ma capisce e ride.

"Io. Bene. E il padre?"

"Uno qualsiasi... uno qualsiasi..."

La sorella le ha preso la faccia con entrambe le mani. Gli

occhi di Montse sorridono e cercano tra coloro che le circondano, ignari della conversazione tra le due sorelle. Infine si sofferma sul ragazzo assassinato in seguito a Madrid.

"Mi piace quello lì."

La sorella guarda il giovane.

"È bello."

"È stato nominato padre di mio figlio."

Le due sorelle ridono.

Di nuovo il parco, l'oscurità, la narrazione diretta della donna.

"Ma la tempesta è stata superiore alle forze di Montse. Quando si vide rifiutata dai nostri genitori, diventò noiosa, insopportabile, non passava giorno che non mi seccasse con le sue lamentele."

"E un giorno l'avvertì che intendeva parlare con loro raccontandogli tutta la verità. Allora lei l'ha uccisa."

Lei si è fermata e lo guarda con espressione ansiosa. Non molto a lungo. Suona una voce alle sue spalle: "Sono stato io".

Ferrán esce dal buio e si pianta davanti a Carvalho, disposto a non lasciarsi sorprendere, almeno così indica la pistola che tiene in mano.

"A sangue freddo?"

"A sangue caldo. Una discussione. Un gesto stupido. Lo sa come vanno queste cose."

"E l'omicidio del ragazzo?"

"Lei lo ha innervosito e la polizia gli si è gettata addosso."

"Sempre lei, Ferrán?"

"Sempre io."

"Dove c'è spazio per due, ce n'è anche per tre."

"Esattamente."

"O quattro o cinque."

La serenità di Carvalho cessa di sorprendere Ferrán e la donna quando dietro le siepi emergono Anfruns e il regista. La donna e Ferrán si guardano sconcertati. Ferrán le afferra una mano e gliela tira.

"Andiamo via."
"Io no!"
"Cretina! Ti accuseranno di complicità."
"Io non so niente. Hai fatto tutto tu."
Ferrán li guarda braccato e retrocede senza smettere di puntare l'arma contro di loro. Carvalho trattiene il regista, sopraffatto dall'emozione, disposto a tendere una mano al vecchio amico. Ferrán si mette a correre e Carvalho lo insegue. Ferrán si volta e spara. Carvalho si porta una mano al petto e cade a terra. Finché perde conoscenza subisce lo stupido sguardo inebetito della luna.

Carvalho apre gli occhi. È in una clinica, con la spalla bendata e Charo seduta accanto a lui che ascolta il programma di Encarna Sánchez da una radiolina.
"Finalmente, Pepe. Cuore mio."
Charo lo bacia. Carvalho si rende conto della situazione. Biscuter se ne sta seduto in fondo alla stanza e si alza imbarazzato.
"Capo. È forte come un toro. Ha fame?"
"Tranquillo, Biscuter, tranquillo."
Carvalho chiude gli occhi. Sonnecchia. Infine si addormenta.
Di nuovo si sveglia ore o giorni più tardi. Si passa la lingua sulle labbra. Charo si china verso di lui. Biscuter è sempre in fondo alla stanza.
"Cosa c'è da mangiare?"
"Sarebbe questa la prima cosa che chiedi?"
"Vuole che le prepari qualcosa, capo?"
È un altro Carvalho, deciso, con gesti spigliati a sedersi sul letto e osservare con attenzione l'apertura della porta e l'ingresso di Anfruns, ieratico, trascendente.
"Con permesso. Sono felice di vedere come si sia ripreso bene."
"Tutto a posto?"

“Sono stati arrestati. Ma la polizia non la smette di infastidirmi. Pensa che l’intera faccenda della sociologia sessuale sia un’aberrazione.”

“Lo credo anch’io. Il sesso è qualcosa di rigorosamente individuale. Le masse non scopano.”

“Sua moglie?”

Indica Charo.

“La mia amante.”

“È sposata?”

“Lei è un moralista.”

“Le statistiche dicono che su quattro donne con l’amante, tre hanno un’altra vita matrimoniale stabile parallela.”

“Questa signora si dedica alla prostituzione di lusso.”

Anfruns studia Charo, poi nota Biscuter.

“Un parente?”

“No. Il mio maggiordomo. Non lo ricorda?”

Anfruns osserva Biscuter senza crederci.

“È anche il mio cuoco e il dottor Watson.”

Anfruns lascia sul comodino un mucchio di carte.

“Ho realizzato uno studio sul comportamento sessuale della borghesia. Il caso di Montse mi ha insegnato molto.”

“Che conclusioni ha raggiunto?”

“La borghesia è egoista.”

“Montse non lo era.”

“Era una declassata,” afferma Anfruns trionfante. Saluta Charo e Biscuter con un inchino della testa.

“Jordi Anfruns, al vostro servizio, sessuologo sociale o sociologo sessuale.”

Anfruns lascia la stanza. Porta via negli occhi un’immagine vecchia. Quella di Montse Gispert sul cubo e sull’altalena che grida: “Mi muovo! Mi muovo! Mi muovo!” e vede se stesso mentre le dice: “Bevi, bevi acqua. Purificati dentro mentre fuori continui a essere impura”. E quel sorriso franco, ingenuo, della gogo-girl. E queste lacrime trattenute negli occhi di Anfruns.

IL SEGNO DI ZORRO

Dato che Fuster intende ritirarsi un po' alla volta dalla sua attività di amministratore, ha iniziato a radunare nella sua casa di Vallvidrera gli strumenti sufficienti per invecchiare con un certo diletto. Dischi, libri, una collezione completa di *confits d'oie* del Périgord e di scatolette di *foie gras* che un ristoratore cinese di Parigi, conosciuto quando era uno studente, prepara appositamente per lui.

"Quando sentirò che sto per deprimermi, aprirò una scatoletta di *foie* e un libro di qualche scrittore solido come un bollito misto con tutti gli ingredienti della tradizione. Sto rileggendo *Madame Bovary*. È l'inizio della fine della morale borghese."

Carvalho chiudeva gli occhi e le orecchie di fronte a quello sforzo di prefabbricazione di una vecchiaia olimpica e senza strida, come una sonata per violino eseguita da un linfatico violinista svizzero.

"Preferisco morire gridando. Quando mi porteranno al mattatoio comincerò a ululare, a bestemmiare e a insultare."

"Ti sarò grato se di tanto in tanto vorrai venire a raccontarmi una delle tue indagini. Ho calcolato che la narrazione di un delitto ogni quindici giorni sarà indispensabile alla mia dieta mentale."

"Sopportare cinquant'anni nel mondo dei vivi per poter morire gradevolmente per altri venti mi pare un assurdo progetto di vita."

Conversazioni confessionali da dopo pasto. Rimangono avanzi di pesche al vino moscato di Xàtiva nei bicchieri, residui di una *steak tartare* di ostriche e salmone macerato nei piatti, un quarto di bottiglia di Sancerre che si berranno all'ultimo minuto, prima di separare definitivamente gli stanchi silenzi, Fuster andandosene al suo letto da scapolone greco-latino e Carvalho alla sua casa deserta dove si consuma la brace dell'ultimo fuoco iniziato a spese di *Memorie di Adriano* di Marguerite Yourcenar. Per poterlo bruciare, Carvalho aveva infranto la sua regola di non comprare un solo libro nuovo dall'anno in cui il Club di Roma aveva decretato l'anno zero dello sviluppo, consacrando il non lieto fine di duecento anni di ottimismo culturale e criminale della borghesia e dei suoi antagonisti. A giudicare da quanto ha letto sui giornali, Marguerite Yourcenar gli pare una vecchia retorica e maniaca che scrive libri etici su misura per i capi di governo che si cuciono le tonache con le etiche letterarie.

"Non ho bisogno di letteratura, Fuster. Vivo letterariamente. Sono un professionista letterario. Mi offrono casi letterari. Persino i cadaveri con cui ho a che fare sono morti letterariamente. Ma nessuno forse tanto quanto nel caso di quei delitti chiamati dalla stampa 'i segni di Zorro', perché i corpi apparivano con una zeta incisa sui corpi con la punta di un coltello. Il primo cadavere si presentò seduto su uno di quegli abitacoli della ruota panoramica al luna-park di Montjuïc e aveva la zeta disegnata sulla fronte. Era un giornalista argentino specializzato in pubblicazioni pornografiche. Il secondo fu quello di una cameriera in topless di un bar scalcinato della periferia. Le avevano inciso la zeta sul culo, non ricordo in quale natica, ma capisci che incazzatura doveva avere dentro l'incisore. È il posto più offensivo in cui si possa apporre un segno di identificazione. E ci fu ancora un terzo morto: un vecchio professore di latino, ex seminarista, che moriva di fame in un'indecorosa stamberga nel centro storico della città. A lui la zeta la incisero sulla fronte.

Eravamo nel marzo del 1977, in quelle giornate piene di

sparatorie incontrollate e voci di colpo di stato, la merce politica perse un tantino l'interesse del pubblico con il ritrovamento del primo cadavere, sebbene ciò avvenisse davanti a centinaia di persone che cercavano di spremere alle ultime ore della domenica il loro inutile succo di festa razionata.

'Ehi, tu, coglione! Va' a smaltire la sbornia a casa!'

L'indignazione del gestore della giostra parve giusta a quasi tutti i presenti. Quel tale era rimasto seduto al suo posto, evidentemente addormentato o rimbambito dall'alcol che gli congestionava la faccia; la sua semplice presenza impediva ai nuovi clienti di accomodarsi a loro volta. Il gestore della ruota era un tipo avvezzo a trattare con i più furbi clienti della domenica, inseguiti dalla frustrazione e dalla paura dell'evidenza del lunedì, e gli andò incontro, consapevole che la difesa migliore è l'attacco. Ma appena l'afferrò per una spalla come se fosse la punta di un sacco, gli si voltò una faccia insanguinata e morta che gli dedicò uno sguardo semichiuso e vetroso. E poi la zeta. Il segno di Zorro. Avrebbero dichiarato legale o no il Partito comunista? I socialisti avrebbero accettato di partecipare alle elezioni costituenti se i comunisti non venivano dichiarati legali? La polizia non era molto gentile in quei giorni e che tu andassi a denunciare il furto di una borsetta o il rinvenimento di un cadavere scannato e con la firma, era solita rispondere: 'Non volevi la democrazia?'. Forse per questo Carvalho ricevette nel suo ufficio la visita di certi nipoti del pornografo, due coniugi argentini ed esuli che gli chiesero una indagine per chiarire i fatti.

'Accusano nostro zio di essere un corruttore e pretendono che qualche persona da lui utilizzata per scattare le foto si sia vendicata. Se nostro zio lavorava in questo campo, lo faceva perché costretto dalle circostanze. In Argentina era un editorialista di politica.'

La comparsa dei due cadaveri complementari andò oltre i buoni propositi rivendicativi dei nipoti e Carvalho si mise sulla scia di un'indagine della polizia, in attesa di un possibile quarto cadavere. Ma quei tre erano già stati sufficienti a far parlare di un maniaco assassino che agiva contro persone solitarie: il pornografo era un divorziato che viveva solo, la ragazza del Topless non aveva a questo mondo altri che una figlia piccola allevata da certi contadini del Maresme e il latinista in pensione non aveva manco un gatto. Lo aveva avuto, ma un vicino glielo aveva avvelenato perché miagolava se l'insegnante lo lasciava solo in casa o non gli permetteva di salire sui tetti quando era in calore. Se il criminale era un maniaco, un giorno o l'altro sarebbe stato arrestato. Nelle coordinate anglosassoni, un maniaco può far fuori addirittura trentatré o trentaquattro esseri umani, come spiega il libro dei *Guinness*. Ma in quelle spagnole, sette morti è il massimo che si tollera da un maniaco; rimanevano quattro morti potenziali, vale a dire il dieci per cento dei cittadini che di solito muoiono in incidenti stradali ogni fine settimana. Non era quindi materia di eccessive preoccupazioni e Carvalho disegnò in testa sua, tra un soffritto e l'altro a notte fonda a Vallvidrera, l'ipotesi che, pur sembrando incredibile a priori, qualcosa collegasse il destino dei tre defunti. Per cominciare si rivide uno dopo l'altro tutti i numeri di "Sexplay" nel periodo in cui Arturo Piccione ne era stato il direttore, cercando di riconoscervi la ragazza topless tra le donne fotografate. I nudi delle riviste porno si somigliano tutti, ma nessuno ricordava quello della ragazza. Neanche le sue colleghe l'avevano mai sentita parlare di una sua comparsa sulle riviste.

'Era una gran fanfarona. Brava ragazza ma fanfarona. Parlava sempre di progetti, che voleva fare il cinema, che sarebbe diventata presentatrice televisiva o modella. Ma di quelle riviste non ha mai fatto parola.'

La più chiarificatrice fu Juana Sturges, chiamata così perché negli anni sessanta era riuscita a sposare un marine americano; il marine era sparito dalla circolazione, ma lei si era aggrappata al cognome da sposata come se fosse la sua ragione di essere, e aveva iniziato a presentarsi come signora Sturges nella vita, nei negozi e nei supermercati. Fu la signora Sturges a metterlo tra le mani, espressione quanto mai appropriata, di Ferrán il Guappo, gigolò e bellone di mestiere che appena si trovò davanti a Carvalho, lo prese per il bavero e gli riempì la faccia del suo alito riconcentrato e aromatizzato dai Rossli più infetti sul mercato. Carvalho gli sostenne lo sguardo, l'alito e le mani finché avvertì negli occhi dell'altro qualcosa di simile allo sconcerto, allora gli propinò una ginocchiata nelle parti basse e una spinta sufficiente contro la parete che trasformò il Guappo in un fucilato di Goya con le braccia aperte. Il Guappo non era un bellone senza le palle e stava già apprestandosi ad attaccare il detective quando si rese conto che Carvalho aveva in mano una pistola. Da buon catalano, il Guappo era pronto a patteggiare e accettò il dialogo. Sì, la Topless era stata sua amante, era superfiga e il suo assassino sarebbe apparso un giorno o l'altro da qualche parte senza i suoi attributi virili: il Guappo glieli avrebbe tagliati.

'E non le dico altro. Sono un uomo di poche parole, ma mantengo le promesse.'

E non gli disse altro. Carvalho però pensò che non sapesse molto di più e che non lo avrebbe mai saputo. Da quanto gli aveva detto la Sturges, il Guappo all'epoca era disoccupato, perché gli avevano ucciso la gallina dalle uova d'oro e non gli restava che un'altra protetta, una malinconica di Valladolid che sentiva la mancanza dei genitori e dei quattro figli che aveva sparso in diversi paesi della provincia di Palencia.

'Non guadagna manco per pagarsi tutte le pasticche che prende,' gli fece sapere la Sturges, 'e il Guappo la deve consolare ogni tanto tra un cliente e il successivo. E siccome a volte le viene da piangere a letto non le danno neanche venticinque pesetas di mancia, perché dimmi tu, bello mio, chi sborra di gusto con una Madre Dolorosa che ti mostra la foto dei suoi bambini tra una botta e l'altra.'

'Sono piccoli?'

'Se parli dell'età, il minore ha già fatto la prima comunione e il maggiore si è liberato della naia per via dell'asma.'

Nemmeno il professore aveva qualcuno su cui contare, fosse anche solo per sfamarsi. Il suo unico figlio era sposato in Svizzera con una nativa poco favorevole alle razze che abitano le rive del Mediterraneo, forse perché l'esperienza matrimoniale l'aveva portata alla conclusione che la focosità latina non era altro che un mito. Carvalho dedusse tutta questa storia quando notò che il figlio del professor Guardiola gli parlava, con voce clandestina, con le labbra appiccicate alla cornetta, e anche così si sentivano in sottofondo delle grida femminili in romancio che esigevano l'immediata cessazione di quello spreco telefonico.

'Solo una donna sessualmente insoddisfatta grida così al marito.'

'Lei non ha esperienza, capo. Io ho conosciuto molte donne maritate e ben scopate dentro e fuori casa che strillano come una cinghia oliata male.'

Biscuter non aveva alcuna autorità davanti a Carvalho, ma non aveva altro muro abituale contro cui lanciare palle dialettiche. Il cuoco, segretario e ascoltatore dei soliloqui di Carvalho, ebbe tuttavia un'idea felice che sulle prime il detective gettò nel cestino delle parole mai ascoltate, ma che poi riprese e masticò mentalmente fino a trasformarla in una gomma americana senza sapore e senza anima.

'Forse il professore dava lezioni alla ragazza.'

'Di latino?'

'Sicuro che erano anche di contabilità e di ortografia. Sicuro, capo. I professori di una volta sapevano tutto.'

Il vecchio Guardiola era sopravvissuto in un piccolo appartamento del centro storico di Barcellona, quasi sul livello del terrazzo, un ripostiglio ancora trasudante l'umidità dei depositi esterni dell'acqua, di quelli adoperati prima che in quelle case ci fosse l'acqua corrente. Su quella che era stata la credenza della cucina si allineavano perfetti e puliti, nonostante l'abbandono degli ultimi tempi, trecento libri di latinità varie e classici spagnoli, alcuni manuali d'arte e l'opera completa di Nietzsche tradotta da una casa editrice sudamericana. Un gabinetto senza l'acqua corrente. In casa, l'unica possibilità per lavarsi era quella fornita dal rubinetto dell'acquaio nella cucina-sala da pranzo. Il resto, un corridoio, una camera da letto e un'anticamera buia e schifata per non aver mai fatto d'anticamera ad alcuna visita. Ma Biscuter aveva ragione. Dal cassetto del tavolo da cucina Carvalho estrasse un mucchio di manuali di matematica e grammatica, addirittura alcuni esercizi elementari scritti con grafia da postanalfabeta e corretti invece con un tratto elegante, ben profilato, la grafia che si usava prima dell'invenzione della penna a sfera. Armato di questa nuova possibilità, Carvalho andò dalla Sturges a chiederle se la Topless avesse mai reso pubblica l'ambizione di migliorare mediante la cultura. La Sturges, minacciata dalla parola cultura, non alzò le braccia, e si concentrò invece in cerca delle pieghe più colte della sua anima tornando da esse rifornita di nuove considerazioni.

'Be', non era scema, la Topless, anche se le piaceva contarla. E diceva, sissignore, che bisogna studiare e che se lei avesse saputo di lettere e numeri, col cavolo che sarebbe rimasta lì a subire quel che subiva. Inoltre era un'illusa, perché io ho fatto studiare un ragazzo che è già più alto di me ed è rimasto fermo come l'orologio del mio paese.'

'Andava a qualche scuola serale?'

'Non glielo saprei dire, ma ricordo che talvolta ci mostrava i suoi progressi. Soprattutto nei conteggi delle liquidazioni che ci facevano per il nostro lavoro con i clienti. Se appena appena ti distrai, il responsabile ti toglie dal conto dieci whisky come niente fosse.'

Una semplice occhiata alla mappa metropolitana indicava che gli itinerari della Topless non passavano per il quartiere del vecchio professore. Lo scenario del suo lavoro era un bar con cameriere compiacenti sulla frontiera tra Barcellona e Hospitalet e viveva con il Guappo in un appartamentino della Bordeta che un cliente ammanicato con qualcuno dell'Obra Social della Caixa le aveva procurato. Fu allora che nel cervello di Carvalho entrò un'idea che lo fece sorridere anche se nessuno dei suoi accompagnatori di quella sera, in una cena improvvisata al Casa Leopoldo, Charo e Biscuter, notò che stesse sorridendo. Una luce d'origine incerta illuminava la scena di una stanza con la porta socchiusa dalla mano lentigginosa e un po' malferma del vecchio professore e al centro del fascio di luce, la Topless nella sua nudità e con il suo sorriso di proposta, tenera o maliziosa davanti all'offerta del nonnetto.

'Ed è sicuro di farcela? Non mi piace che tirino le cuoia sul posto.'

Cosa le rispose il vecchio? Senza dubbio qualcosa di colto, qualcosa che ricordava il linguaggio di un altro pianeta e alla Topless si aprirono gli sfinteri della curiosità o forse della tenerezza, e quel giorno regalò al vecchio l'illusione dell'immortalità. Ma un intellettuale del vecchio regime non lascia mai le braccia di una prostituta senza aver fatto un po' di apostolato culturale e certamente il vecchio volle sapere della sua vita, delle origini del suo traviamento morale e le dipinse il quadro di una vita più degna, con lei padrona del proprio corpo e del proprio spirito, fosse anche a costo di vivere in una stamberga senza l'acqua corrente nel gabinetto e con i tetti ossidati per sempre da una ruggine atavica, morta. E la Topless vide in fondo a un lungo percorso il bagliore di una sequenza finale da gran commedia nordamericana: se stessa, con la toga e il berretto, che prende il diploma in una high school insieme a Natalie Wood e Sandra Dee. La direzione del centro le avrebbe inoltre affidato il discorso per la consegna dei titoli e lei avrebbe detto quel che Natalie Wood e Sandra Dee erano solite dire in simili circostanze: 'Sono molto felice e prometto di mettere tutta me stessa al servizio del popolo americano, di Dick, il mio futuro sposo, e dei miei sei figli'. Risate. Applausi e John Saxon o John Gavin o Tab Hunter in attesa in fondo a un corridoio con la passatoia per darle un bacio e portarla a spalla. La Topless era rimasta ai belloni degli anni sessanta. Senza dubbio.

Il Guappo non sapeva nulla dei belloni degli anni sessanta, ma ammise che la Topless aveva preso lezioni private e che lui le aveva mollato due sganascioni come si deve, perché a una donna la cultura non serve manco per pisciare con distinzione, disse testualmente il Guappo. Ma la volontà di emulazione della Topless resistette al supplizio e continuò a studiare.

'A dire il vero, non so se continuava ad andarci o no. Io le dissi: "A me di questa storia non raccontare niente, me ne sbatto. Se sei tanto cretina da voler perdere tempo imparando cose che non ti serviranno a niente, peggio per te".'

I vicini di casa del vecchio erano dell'opinione che il professore era molto migliorato da quando gli avevano avvelenato il gatto. Non puzzava più di merda di gatto bruciata perché, bisognoso com'era di fare economia, il professore cucinava con palline di carbonella ed era evidente che l'animale utilizzava la cassa piena di sferette nere e odorose per depositare le sue feci che, una volta seccate, venivano confuse con il combustibile dal professore, il quale, forse non ignorando che in India l'escremento secco di vacca è il petrolio dei poveri, pensava che un piccolo apporto residuo del suo gatto gli facesse risparmiare mezzo chilo di carbone al mese. Una volta sgattato, deodorato e morto, il professore aveva lasciato un affettuoso ricordo; il riferimento visivo dei suoi ultimi alunni, costruito dalle vicine più predisposte a schiudere la porta sulle scale quando qualcuno saliva verso il solaio, come pure da una donna che aveva una merceria davanti alla porta del vecchio Guardiola, fu riassunto in tre immagini: una ragazza e due ragazzi, lei molto ben vestita e distinta, molto naturale e senza trucco, e i ragazzi molto disastrati e senza dubbio molto poveri. La Topless si era mascherata da studentessa serale e adulta, con le tettine infilate in reggiseni di pizzo bianco e protette dalla tripla pelle di una camicetta per niente scollata, di un pullover poco propenso a segnare le forme e di un cappotto che la trasformava definitivamente in una tavola di legno dall'impossibile fioritura. Quanto ai ragazzi, uno era straniero, ma l'altro era un precario delle Poste e studiava per presentarsi al concorso di ragazzo delle pulizie in un comune della zona costiera.

'È il figlio della signora Remei, di calle Riereta. Una volta lavorava in tintoria, ma le venne un colpo e non fu più capace di sbrigarsela da sola.'

Il figlio della signora Remei era senza lavoro da un po' di tempo e Carvalho lo seguì nelle sue passeggiate nel porto, nella sua ricerca nella zona dei bazar dei portici di plaza de Palacio, nel suo incantarsi davanti a negozi di radioline e televisori in miniatura, alta fedeltà, *baffles*, orologi digitali, al traffico di venditori e compratori esitanti tra contenitore e contenuto, come se quella zona di Barcellona fosse un piccolo porto franco all'interno della rigidità calvinista del piccolo commercio barcellonese. Era un ragazzo meticcio di nobiltà e sordidezza, lineamenti da biondo principe tisico e uno sguardo da animale maltrattato dalla speranza. Lui era giovane, ma era tanto vecchio e tanto triste tutto quel che aveva addosso che gli indumenti riuscivano a imporgli un'immagine da giovane antico e per giunta senza possibilità alcuna di localizzare l'antichità, o di datarla in qualche modo. Era l'antichità della miseria malcelata da una pulizia lavata e rilavata. Dalle sue solitudini d'impotente compratore, il ragazzo passava ad altre solitudini da passeggiatore nei luoghi più gratuiti, soprattutto per il lungomare della Barceloneta, affacciandosi di tanto in tanto allo spettacolo delle sabbie percorse da quattro o cinque forzati del footing e qualche coppia di ragazze in fuga da scuole per ragazze in fuga. La sera tardi, il figlio della signora Remei scendeva di nuovo in strada con un cane piccolo, smilzo e color cannella che si metteva ad annusare qualsiasi cosa e a pisciare ai confini di un piccolo regno immaginario. Il ragazzo portava a spasso il cane con svogliatezza e gli strattoni dati al guinzaglio facevano sì che l'animale si alzasse in aria impennandosi come un cavallo umiliato e offeso. Carvalho conobbe a fondo gli avanzi degli stuzzichini di tutte le pattumiere di tutti i bar della zona, mentre seguiva i meandri del giovane con il suo cane. Lo stesso fascino con cui contemplava i negozi di apparecchi audiovisivi di plaza de Palacio, lo manifestava davanti a una vetrina di articoli ortopedici che sembrava abbandonato alla polvere e alla preistoria delle protesi, come se il padrone fosse rimasto dentro, invalido, dopo un attacco subìto vent'anni prima. La vetrina si limitava a mostrare un cinto erniario ammuffito, un paio di vecchie stampelle e una sedia-pitale, ma gli occhi dell'aspirante postino esaminavano il tutto ogni sera con la stessa curiosità, vedendo cose che vedeva soltanto lui.

Carvalho lanciò al cane una fetta di salame piccante, l'animale l'annusò con attenzione e l'assorbì senza masticarla. È proprio sazio, assicurò il suo padrone. Passerebbe il giorno intero a mangiare. I cani non si stufano mai di mangiare. Io avevo una cagnetta lupa, be', un incrocio di un lupo e una cagna senza razza, e me l'ammazzarono. Dispiace molto la morte di un cane. Altroché, e a questo qua non resta molto da vivere. Ed era desiderio di morte più che pena quel che Carvalho vedeva nei suoi occhi, da vicino color grigio opaco, un po' sporchi, com'erano sporchi i denti malformati e separati, come se occhi e denti in primo piano smentissero la lontana bellezza di quel principe tisico e maltrattato dalla speranza. La quarta sera in cui Carvalho, nella solita passeggiata, si imbatté nel cane, il ragazzo rimase in silenzio e non rispose ad alcuna domanda del detective, con le labbra sigillate per non far uscire la zaffata pestilenziale della paura. Aveva lo sguardo del bastonato che teme e aspetta il colpo definitivo, ma Carvalho non glielo assestò in quel momento. Lasciò passare altri due giorni di pedinamenti e incontri finché il ragazzo non scese in strada e Carvalho lo immaginò a marcire insieme al cane e alla madre, davanti al televisore che mandava luminarie di rimbalzo contro i vetri di un balcone velato dalle tendine. Il decimo giorno di trattamento salì fino all'appartamentino e né il ragazzo si sorprese nell'aprirgli la porta, né Carvalho nello scoprire una vecchia paralitica nascosta nel chiaroscuro della stanza illuminata solo dallo schermo televisivo e il cane scannato in quella che era stata una vasca da bagno piena di pretese, una vasca con zampe di leone.

'Guaiva e i vicini protestavano. Voleva uscire in strada. Era molto capriccioso. Molto viziato.'

Il professor Guardiola? Aveva seguito lezioni di contabilità e scrittura. La Topless? Forse si riferiva a María Asunción, così si chiamava la Topless quando prendeva lezioni di contabilità e di francese. Di francese? Sì, di francese.

'Tutto il mondo è falso. Osservi mia madre. Lei la vede come un'invalida e pensa che mi vuole bene perché ha bisogno di me per quasi tutto. In realtà mi odia, come odiava mio padre e i vicini. Ha passato l'intera vita a odiare. E il professore era un ipocrita. E María Asunción una puttanella che andava a letto con chiunque per fare carriera.'

Una sera, quando usciva dalle lezioni scendendo le scale dall'appartamento del professore, il ragazzo prese la giovane Topless per la vita, lei si voltò sorpresa per divincolarsi e si ritrovò con un bacio pesante e umido che la indignò. Dalla sua bocca uscirono quindici anni di vocabolario da bancone di bar equivoco per esprimere disprezzo e schifo, e si guadagnò un nemico che la seguì dappertutto come un guardone della sua doppia vita. Fu in uno di questi pedinamenti che la vide in compagnia di Arturo Piccione mentre usciva da una caffetteria vicina alla redazione della rivista "Sexplay". Li vide che si spingevano e ridevano, e che le palpatine di lui la divertivano. Poi entrarono in un'auto guidata da Piccione.

'Saranno andati a fare le porcherie sulla strada di Vallvidrera, come altre volte.'

'Come altre volte?'

'Una volta ebbi l'intuizione che sarebbero andati da quelle parti e invece di seguirli dalla porta di quel bar, me ne andai direttamente in quel posto, su uno spiazzo che sta un po' più in alto dell'inizio della funicolare, dove spesso si fermano le auto con le coppiette per vedere la città, dicono, ma in macchina fanno maialate di ogni genere.'

'E arrivarono loro.'

'Sì, arrivò lei con l'argentino. Lui fermò la macchina, sembrava sempre al volante e contemplava bello impettito il panorama della città che cominciava a illuminarsi. Invece lei non era visibile. Di lei non si vedeva la testa. Mi capisce?'

'Capisco.'

E il professore? Il professore se lo meritava più di tutti. Era un vecchio bavoso che approfittava di ogni occasione per accarezzarla, una volta li ho sorpresi. Sorpresi? Sì, sorpresi. Come è riuscito a far salire Piccione sulla ruota, a salire insieme a lui?

'Ogni domenica sera andava al luna-park di Montjuïc, in solitudine. Faceva tre giri di ruota. Se poteva, occupava un abitacolo da solo, ma non ci riusciva sempre. E una volta sono salito insieme a lui.'

E la zeta? Gli occhi di Carvalho esaminavano quell'appartamento senza libri, né uccelli, né stelle, né statuette di ceramica con lo smalto scrostato, né centrini di pizzo, un appartamento per tre superstiti che ormai erano solo due. Da quale angolo di quel mondo o della memoria saltava fuori la zeta? Quando fece la domanda, dopo un preambolo che la giustificava, dato che lei non ha l'età per aver visto o letto i film e i romanzi di Zorro, il giovane principe sordido si mise a ridere con la boria di chi ha qualche asso nella manica e creò una suspense giocherellona mentre lo schermo del televisore gli passava sul viso le raffiche luminose di un programma in cui il comico raccontava una barzelletta di froci, la presentatrice si sbellicava dalle risate e i concorrenti saltellavano sui loro piedi di animali inquieti annusando la preda di un appartamento a Benidorm o la minaccia di portarsi a casa venticinquemila tubetti di dentifricio. Quel prepotente sorriso in bianco e nero si trasformò in decisione e il giovane si alzò per andare verso la credenza della sala da pranzo, aprire un cassetto, prendervi un giornalino a fumetti e porgerlo a Carvalho. Era una versione disegnata del *Segno di Zorro* con quarant'anni di vecchiaia nei suoi angoli polverosi, gialli, unti.

'E per giunta, noti la coincidenza, il mio cognome è Zamora. Lluís Zamora Botey, per servirla.'

I nipoti dell'argentino passarono il rapporto di Carvalho alla polizia e il povero principe sordido finì all'ospedale psichiatrico di Huesca. No, non ho mai avuto la morbosa tentazione di sapere che ne è dei responsabili dei casi che ho risolto, ancor meno quando la responsabilità passa nelle mani della polizia, dei giudici. Io scopro assassini, la polizia e i giudici li trasformano in vittime. Quanto a vittime, ho già abbastanza con me stesso."

"E la vecchia?"

Cominciano a pesarti gli anni, Fuster, pensò Carvalho. Solo un sentimento di solidarietà poteva frapporre quella domanda tra la riflessione di Carvalho e il gesto dello stesso Fuster di riempire i due bicchieri con il Sancerre rimasto, come se il gesto togliesse drammaticità alla domanda e alla risposta.

"Andare a letto con la bocca dell'anima piena di effluvi di Sancerre non è male."

No, non era male, ammise Fuster mentre l'accompagnava verso la porta e uscivano sul pianerottolo affiancato da colonne che si apriva su una strada vegetale, piena di ville restaurate di recente da cittadini in fuga dal terrore metropolitano.

E dietro le spalle di Carvalho, quando questi ormai scendeva i gradini verso la macchina parcheggiata, suonò di nuovo la domanda di Fuster.

"E la vecchia?"

Carvalho si voltò per dare più enfasi e intenzione alla sua alzata di spalle. E la vecchia? Quella stessa domanda l'aveva fatta a se stesso fin dalla sera in cui era uscito da quella casa con le verità rivelate dall'assassino e dietro di lui restavano una coppia in bianco e nero, felice di aver vinto un appartamento a Benidorm, un assassino che faceva Zamora di cognome, un cane color cannella scannato in una vasca da bagno sradicata e una vecchia muta che aveva seguito l'intera conversazione con gli occhi cotti dal terrore.

INDICE